文
景

Horizon

社 科 新 知　文 艺 新 潮

述而批评
丛书

竭尽全力的轻盈

张定浩——著

上海人民出版社

在批评的世界里激荡风云

——“述而批评丛书”序言

文学创作的进步与繁荣，离不开文学批评的推动。卢那察尔斯基说：“历来的情况是：恰恰由于著名作家和卓有才华的批评家的通力合作，过去曾经产生过、今后将产生真正伟大的文学。”受现实生活直接影响的敏感的作家，需要批评家帮助他们形成抽象的科学思维，需要批评家来发现其优秀作品、总结其创作经验、揭示并推介其创新创造的价值。而一个时代文学创作的趋势和潮流，也需要批评家用他们的前瞻和敏锐，来进行指向与导引。

揆诸上海文学事业发展的历史轨迹，我们可以说，繁荣的文学批评是上海文学版图上一道特别的风景，活跃的批评家是上海集聚起来的高能级文学精英，一代代的坚守和传承是上海文学批评生生不息的泉源。

近年来，上海坚持发扬重文学批评的传统，在发挥批评大家作用的同时，十分重视青年批评家的培养，为他们搭建施展才华的舞台，逐步形成了一支阵容较为齐整的青年批评家队伍。

这些批评家有的工作在作协，有的执教、执笔于高校或研究机构，也有的活跃在报纸刊物上。他们互通声气、互相激荡，通过出版专著、在报刊和各种文学活动平台上通畅表达，指点文学江山、洞察文学思潮、剖析创作得失。他们是多面手和跨界者，不仅在批评的世界激扬文字，还常常游走于创作的天地，直接实践于小说、散文、诗歌等各种文学体裁。他们视野开阔，兼容并蓄，在坚持中国文学批评优秀传统的同时，善于运用世界文学发展的新潮流和新标准，与时俱进地开展科学的、有见地的批评。他们不仅在上海，也在中国，甚至出现在国际文学交流的舞台上，代表中国、上海，与世界文学展开近距离的对话。他们和前辈批评家一起，为上海文学创作的创新、创造和繁荣做出了积极的贡献，也预示着上海文学批评发展的前景和未来。

为集中展示青年批评家群体的成就和风采，展示上海文学批评的发展与收获，上海市作家协会策划推出这套丛书。丛书由 11 位批评家分别选编代表自身水准的文章集纳而成，这些文章虽然多曾在各种报刊、专著发表过，但作为一个整体的重新呈现，必能产生不同寻常的组合效应。丛书的问世对于专业人士的意义不多赘言，而对于普通读者来说，阅读这些著作，也将有助于总览中国文学、上海文学创作的流变，深入掘发作家作品的精华，深切体验作家创作的用心，深刻感受作家作品的价值。

这套丛书以“述而”命名，也寓意着青年批评家对前辈的承继、接续和阐发，述而后作，使批评的传统在文学发展的长河里不断地被赋予新的生命。我们相信，丛书的出版不会戛然而止。今后，当有更多的青年批评家和更多的成果涌现时，丛书将及时地进行扩容。

伴随着波澜壮阔的改革开放，上海文学事业走过了40年不平凡的历程，如今和国家各项事业发展一样，进入了崭新的历史阶段。新时代，文学承担着新使命，也呼唤着一大批青年批评家在文学批评领域承前启后、继往开来。今后，我们将一如既往地重视文学批评，重视培养一代代的青年批评家，让活跃、健康、高质量的文学批评，始终与文学创作、文学活动，还有文学出版、文学翻译等一起，支撑起上海文学繁荣、发展的良好局面。

是为序！

上海市作家协会党组书记、副主席王伟

小引

正如生活无法简化成生活的目的，写作者也必然遭遇诸多计划之外的写作，他接受报刊编辑、朋友的约稿，为某本文学作品撰写书评，就某个文学问题表达看法，或者，推荐几本新近出版的好书……凡此种种，构成他日常写作中很大的一部分，尽管，就写作本身而言，可能是最无足轻重的一部分，如同他个人生活的无足轻重。

这本书稿里的文章，多属此类。但当它们此刻聚集在一起，当我重读这些看起来散乱而没有关联的单薄短制，我会意识到，和自己之前其他几本主题相对集中的作品相比，它们更能让我回忆起这十余年来自己作为一个写作者的生活状态。重读它们，我有一种愉悦，因为意外地觉得它们写得并不坏。我希望自己曾竭尽全力地对待过每一个突如其来的截稿期，就像对待每一个即将到来的日子。

也谢谢上海市作家协会。十年前我有幸来到这里工作，从而结识诸多很好的师友，并得以更为深入地参与当代的文学生活，这本文集或许也可以视为与之相关的一份小小的阶段性的纪念。

作者
2018 年 7 月 8 日于上海

辑 3　纸上的爱

辑 4　跟着自己的心写作

辑 5　亦新亦旧

辑 1
文学的千分之一

文学的形状

文学史难写，中国文学史尤其难写。刘永济 1928 年在沈阳东北大学讲授中国文学史，日后编成《十四朝文学要略》，其叙论即云："今代学制，仿自泰西。文学一科，辄立专史，大都杂撮陈篇，补苴琐屑，其下焉者，且稗贩异国之作，绝无心得之言，求其视通万里，心契千载，网罗放失，董理旧闻，确然可信者，尚无其人。……是则文学史者，直轮扁所谓古人之糟粕已矣。"如今近百年过去，国内各种文学史著作据说已逾千种，能够不被刘氏言中者，少之又少。

文学史本是近世教育改制的产物，但和其他学术史相比，文学史的生命力似乎更为校园所囿，很多离开学校的人也许还会钻研罗素的《西方哲学史》，翻阅梁思成的《中国建筑史》，或者饶有兴味地捧读高居翰的中国晚期绘画史系列，但如果不是为了备考或论文写作，大概没有多少人还会把文学史当作阅读乐趣之一种。在我看来，这其中除了著作质量的关系，一定还有文学不同于其他学科的特殊之处，具体似可从两个方面来理解，一是文学和历史的古老冲突，二是中国文学和西方文学的根本差异。

如果说狭义的文学可以对应广义的诗，那么亚里士多德对于历史和诗的区分仍有借鉴意义：历史记述已经发生的事，而诗描述可能发生的事。一部文学史照理应当是已经发生的文学的记述，但作为被记述的对象——文学，其本身却拒绝被限制在一个已经发生的历史世界中，它随时要向那个即将打开它的读者开放，向他所有感官拥有的诸种可能性开放。由此，文学可视为一种超越文本意义上历时性存在的、精神意义上的共时性存在。所有过往的文学，如艾略特所言，同时存在于当下写作者和读者面前，其整体的秩序随时会因为一件新艺术作品的加入而发生调整。在这个意义上，我们该如何谈论文学的历史，既然所有的文学都汇聚在当下并处于生生不息的调整运动之中？事实上，我们能够描述的文学史，是作家作品的接受史，是文学批评和文学思潮的更替史，是版本和文体的流变史，这些都和文学有关，但即便精通了这些，也完全有可能对文学还是一无所知。文学并非和历史无关，但文学无数次拥抱、吸收并最终离弃了历史，文学就是目睹巨石滚下山坡的西西弗斯，那一刻他卸去了历史的重担，轻盈欲飞，但下一时刻，他又缓缓回身走向巨石。

在文学与历史的纠葛之外，尚有中西文学的同与异。如今在国内院校，治中国古典文学者和治西方文学者，几乎是井水不犯河水的两类人，他们之间偶尔产生的交流往往还是通过海外汉学家的中介，好比分居多年的夫妻要借朋友之口才相互知道近况，这样彼此淡漠的直接后果便是，治中国文学者近于迂而治西方文学者近于浮。

要了解中西文学最微妙处的相同相通，非钱锺书的《管锥编》莫属，在我的视野中，《管锥编》是没有完成的现代版《文心雕龙》，所谓“东海西海，心理攸同”，首先即是中西文心之间的拈花一笑。而若要知晓和感受中国文学在西方文学范围之外的特殊性，乃至中国人最深沉独特的文学情操，所谓清明与知性、安定和飞扬、文学与非文学之际的混茫兴起，我以为胡兰成《中国文学史话》上卷最具启发性，这也是我在离开学校以后，唯一还会时常翻阅的准文学史著作。退而求其次，是钱穆《中国文学论丛》中的部分篇章，所谓“中国文学之成家，不仅在其文学技巧与风格，而更要者，在于此作家个人之生活陶冶和心情感映。作家不因于其作品而伟大，乃是作品因于此作家而崇高也”，也颇得中国文学整体面貌之精髓。今日学者，若是离此数人来奢谈中国文学和中国文学史，我总觉得有些可疑。

近日闲翻台静农《中国文学史》，感慨良多。我并不想在此细究其作为一本中国文学通史著作的优劣，因为一方面，这本书只是台先生的未竟著作，生前虽私下广为流传，但未允出版，可见台先生自己也并不满意；另一方面，如前所述，文学史著述本来就是一项前途未明的事业。陈平原写过一篇短文叫作《假如没有“文学史”》，构想出一个“文学史”彻底消灭之后的，注重阅读感受、个人体悟、不成体系但锐见纷迭的学术桃花源，但我很担心的是，陈平原这些年的努力，也许最终只是在文学史之外增加了一门新的课程，即文学史学史。“没有文学史”永远只是假如，而假如一定要有文学史课程，我倒是宁愿选择台先生的这部书作为教材，虽然它是残缺不全的。

台静农《中国文学史》的好处，其实亦可概括在前引钱穆的那段话中。细析又分为两层，一是因为台先生人好，所以这部书才好；二是这部书最为关心和用力的，也在于通过大量史料从各个侧面凸显各杰出中国作家的“主体境界”，而非具体作品或文学流变。

西谚有云：要知道一个人的好坏，看他交的朋友。台先生早年与鲁迅、陈独秀，晚年与林文月、张大春，毋分长幼，皆成莫逆，好多时候，台先生醇雅宽厚、温润清拔的形象，正是由这些值得我们信赖的人所勾勒出来的。他年轻时颠沛流离，数次入狱，后辗转台湾，临危接过台大中文系主任一职，在海峡那端发心写中国文学史，早已超越学科规范和意识形态之束缚，钱锺书《谈艺录》序云，“虽赏析之作，而实忧患之书”，台先生此书也可作如是观，书中凡录例诗，往往不合选诗常轨，如述曹操，单录《却东西门行》（冉冉老将至，何时返故乡），不录《短歌行》，述王安石，录《寄友人》（飘然羁旅尚无涯，一望西南百叹嗟），不录《泊船瓜洲》，知者亦当识言外有哀江南在。

书中于唐宋文学部分最为可读，也因唐宋诗人史料较汉魏六朝均丰厚许多，从而可以从容玩味诗人之完整主体。如论孟浩然，“观其生平出处，确有些类乎渊明；比于王维之朝市山林，则大不同。可是他的诗，却受渊明的影响少，受谢灵运的影响多。杜甫说他的诗‘往往凌鲍谢’（《遣兴》），正道破了他诗的渊源”；论杜牧，“其所以有此情调者，则是因为才高一代，而寂寞当时，其磊落抑郁之怀，皆不觉地流露出来，寓呜咽于豪放，寄清峻于秾丽，往往令读者低徊感激，有不尽的言外之意”；论李商隐，“他尽可能地将诗的事实隐藏起来，而又尽可能地将诗的感情显示出来。这同写谜语不同，谜语是要人猜的，他的诗不劳人去猜，而是要人来感受。他将他的悲愤与感触，用文字故实、音调铸成一整体的意象，使读者不得不为之低徊激动，以此也就达到了他艺术的目的”；论黄庭坚，“以他那样讲求外形技巧，若非有一种时代痛苦精神激荡其间，则无以成其伟大”。凡此种种，均深得孟子知人论世、以意逆志的要领，倒不单单显示了史料的拣择铺排。

鲁迅曾经非常推崇的丹麦史家勃兰兑斯，在他那部《十九世纪文学主流》的序言里曾说过一段感人至深的话：“文学史，就其最深刻的意义来说，是一种心理学，研究人的灵魂，是灵魂的历史。”这些过往的无数灵魂，汇聚成同一道大水，我们并不能将这水条分缕析，切割归纳，因为上游和下游、主流与支流的水已汇到一处，此刻每一颗水珠中都蕴藏着其余的水珠。文学，如水一般浩荡混沌，亦新亦旧，无有形状，是文学史每每想给予文学一个定形，这是冯至的诗吗？“从一片泛滥无形的水里 / 取水人取来椭圆的一瓶 / 这点水就得到一个定形”，但在最好的意义上，取水人最终也加入这水中，成为无限洪流的一分子。

2012 年 12 月

读《剑桥中国文学史（上卷）》

最近三联书店出版了由北美汉学界联手完成的《剑桥中国文学史》的中译本，以明代洪武八年（即 1375 年）为界，分上下卷，我对古典文学一直有兴趣，所以就先读了由宇文所安主编的上卷。

在很多场合，作为《剑桥中国文学史》的两位主编之一，宇文所安都曾谈及他的文学史观，他说得异常复杂，但其核心理路，我觉得还是耶鲁教给他的解构主义的招数。一是暗用德里达的延异概念，来解构某个时代文学经典的固有存在。经典文本甫一出现时并不是经典，它的经典性是被后世慢慢描绘出来的，就像芝诺的飞箭，它在每一个瞬间都可以说是静止而不是运动的，它的运动，只是当这个现时瞬间作为过去与将来之关系的产物，才得以在差异和延宕中呈现，“在元素或系统中，断无单纯呈现或非呈现之物，唯处处是差异和踪迹的踪迹”（德里达《立场》），顺着这个理路，宇文所安遂推演出中国文学的命运，“如果说得危言耸听一点，我们根本就不拥有东汉和魏朝的诗歌；我们拥有的只是被南朝后期和初唐塑造出来的东汉和魏朝的诗歌。从这个意义上讲，不存在什么固定的‘源头’——一个历史时期的画像是被后来的另外一个历史时期描绘出来的”（宇文所安《瓠落的文学史》）。倘若如此，我们不禁要问，那些假定是被南朝后期和初唐塑造出来的东汉和魏朝的诗歌，为什么就没有可能被后来的宋元明清乃至民国进一步颠覆和重塑？既然固定的源头不再存在，为什么宇文所安不把这种延异贯彻到底，却非要在暧昧不清中给我们竭力端出另一个“固定的源头”的源头？昔日治中国文学者的常识，是“盖去古愈近，所览之文愈多，其所评论亦当愈可信也”，但按照宇文所安的理论，“现在我们看到的文学史是被一批具有很强的文化与政治动机的知识分子所过滤和左右过的”，于是传世通行文献便大都蒙上了一层阴谋论的可疑面纱，于是，我们便不能信任每一个“去古未远”的历史时期对过去的描绘，为避免就此陷入历史虚无主义，我们应该转身相信在文献更加“不足征”的今天由宇文所安们做出的管窥蠡测之谈，因为据说今天的文学史学者（尤其是北美汉学家）能拥有一种超脱性的公正。

宇文所安从解构主义那借来的第二种武器，是所谓的“惯例与倒置”，即赋予一贯被认为是边缘性的东西以足够骄傲的地位，从而颠倒了传统二元对立的等级结构，比如重要作家/次要作家，传世选集/佚失选集，经典文本/手抄本异文，等等。

然而，解构主义用以颠倒传统等级结构的策略，始终有赖于其不亚于新批评的针对具体文本的精深细读功夫，解构主义擅长的是小中见大，庖丁解牛，从看似没有问题的地方切入、“在文本内部小心翼翼地抽绎出互不相容的指意取向”（巴巴拉·琼生语），但一部简要文学史的写作，限于篇幅，要求的却是大刀阔斧，删繁就简，于纷乱中必须迅速做出有关系统探索的决断，这两者之间显而易见的矛盾，宇文所安并没有处理得很好，于是在其诸如《史中有史》和《瓠落的文学史》这样的理论文字中常常满足于以疑问句收场，而在其实用史述中则常常流于武断、虚构和臆测。

举几个《剑桥中国文学史》中的简单例子。

其中，宇文所安撰写的是《第四章：文化唐朝》，据说其特出之一，是揭示出“中国文学史上一个独特的、被低估的时期”，即武后执政期间宫廷女性对文学的影响。“武后统治时期出现了一系列的诗文选集、诗文要钞、典范对句集和类书。这些作品的失传使得我们很容易忽略它们的重要性。”我很想看看被我们忽略的“它们的重要性”到底是什么，但是没有下文了，下文迅速跳至关于元兢和玄奘的语焉不详的谈论。宇文所安的逻辑，似乎一直在说，由于我们忽略了某些失传文献的重要性（并且这种重要性因为失传就变得无可否认），现有传世文献的文学价值就必须打上问号。宇文所安似乎忘记了一点，即任何文献失传的首要原因，是在时间的竞争序列中被淘汰，就像生物的进化过程一样，有些器官慢慢消失，是因为那个器官不再重要和必须，或者如德日进所言的“叶柄的消除”，脆弱的起始材料在完成使命之后被时间消灭。我们不必埋首古籍，只要想想上世纪五六十年代的诸多官方诗文选集，如今安在，就可以对“它们的重要性”有所预估了。因此，如果宇文所安要说服我们承认某个失传文献的重要性乃至文学价值，他或者有真正文献学意义上的充足证据，或者就必须像其解构主义宗师那样精研细琢才行。“作史者亦不得激于表微阐幽之一念，而轻重颠倒。”钱锺书多年前针对治文学史者所言的这句警示的重点，不在于“轻重颠倒”，在于“一念”。

更何况很多时候，宇文所安的论述方式并非解构，而是虚构。如果我们稍微接触点唐史，就会知道上官仪麟德元年（664）被诛之时，上官婉儿尚在襁褓，其母也幸存，一同按律归入负责管理籍没犯罪官吏妻女等人员的掖庭，十四岁时方得武后召见，并一直为武后所忌惮，直至中宗时期方得重用。但在宇文所安笔下，俨然就成了另一种场景，“武后随即下令处决上官仪及其全家，唯独放过他年幼的孙女，让她进宫侍奉自己。这个孙女就是上官婉儿。由于她才华出众，在696年被擢升为武后的私人秘书，并最终成为中宗的昭容。她后来成为八世纪前十年中最好的诗人之一，以及宫廷文学趣味的仲裁者”，这段经过裁剪的叙述很有魅惑力，让我们想见在一个由女性执政的社会中，一个女童如何凭借自己的才华幸运地从覆巢之下逃脱，一举扭转自身的命运。并且，当我们迫切想再了解一下这位“八世纪前十年最好的诗人”的诗歌品质和其具体的文学趣味，作者的叙述又轻飘飘地转向了初唐四杰。似乎，在宇文所安的文学史观里，文学史最主要的任务，始终只是引发读者“破四旧”般的揣测和悬想。

这种虚构也体现在由其亲密伙伴田晓菲撰写的《第三章：从东晋到初唐》中。田晓菲将“边塞诗”理解为南朝诗人对“北方”的文化建构，“这种诗歌，体现了南方精英试图想象出一个‘他处’——在时空上来说都远不可及的地方，在南方身份的建构过程中扮演文化他者的角色。这一诗歌首先在从未涉足北方的南方诗人鲍照手中成形”；“这种诗歌经常对北方边塞寒冷严酷的气候进行夸张的描述，并将背景设置在遥远而富有传奇色彩的汉朝……”事实上，这种所谓的文化建构只是田晓菲个人的虚构而已，她忘记了“边塞”原本是一个军事术语，“边塞诗”的传统原本只是一个军事题材的诗歌传统，它始自先秦，滥觞于汉乐府中如《关山月》、《战城南》、《出塞》、《入塞》之类的边塞乐府，鲍照只是继承了这一传统，他虽然没有去过大漠塞北，但他随同刘濬打过仗，当时京口、瓜步就已经是前沿阵地，所以他的边塞诗并非什么“扮演文化他者的企图”，而只是像一切好的诗作那样，是传统和个人经验的融合，比如他的《代苦热行》，描写的就并非北方，而是在南方瘴疠之地的征战，它同样也属于边塞诗。另外，将诗作背景设在汉朝，这种借古喻今的古典诗歌传统，也绝非边塞诗独有。

在虚构之外，宇文所安和田晓菲都习惯用的另一种叙述方式，是夸饰。他们为了重构固有的文学史序列，喜欢强调某些其实不存在的“第一次”。比如在《第三章：从东晋到初唐》中，陶渊明、谢灵运和谢朓都没有幸运来享受文本细读的礼遇，这样的礼遇给了萧纲的《秋晚》，“‘乱霞圆绿水，细叶影飞缸’，萧纲之前，几乎没有任何诗人曾把‘圆’作为一个动词用在五言诗句第三个字的位置，而且在这样奇特的意义上”。这样的表述就好像外交家演说，看似言之凿凿，实则信口开河，因为在鲍照《三日游南苑》诗里，就有“清潭圆翠会，花薄缘绮纹”的句子，词句用法与萧纲相似，当然了，按照某一种文学史观，或许鲍照这首诗的真假从此便值得重新考量。无独有偶，在《第四章：文化唐朝》末尾，宇文所安引了《梦溪笔谈》里一则轶事：“往岁士人多尚对偶为文，穆修、张景辈始为平文，当时谓之古文……适见有奔马践死一犬，二人各记其事，以较工拙……”有趣的是他接下来的评论，“在中国传统中，我们第一次看到这样一个问题的提出：如何用文字来表述先于表述而存在的事物。沈括称之为‘平文’，暗示有一种基本的散体文字，可以完美地匹配发生的事件”。这句话我看了很久，我在想，什么是“后于表述而存在的事物”呢？是 J.L. 奥斯汀所谓的“述行语”，还是上帝说的“要有光，于是就有了光”？如果抛开这二者，就一般而言，事物存在不都是先于文字表述的吗？“如何用文字来表述先于表述而存在的事物”，不就等于在问如何用文字表述历史，这不应该是到了宋代才第一次问出来的问题吧。宇文所安是根据什么来断定这是第一次呢？莫不是受了“始为平文”的误导？天晓得，这里的“始”，可不是始皇帝的“始”。

宇文所安和田晓菲的另一个共同爱好，就是致力于将文学史上公认的大诗人庸俗化，比如说田晓菲论陶渊明，就是一个企图通过开荒的方式征服野蛮自然的牛仔农场主；宇文所安论李白，就是一个不断寻找新的资助者以便混吃混喝的职业诗人。凡此种种，因为他们各自都有相关专著在国内出版过，也遭遇过识者的批评，兹不赘述。

这部《剑桥中国文学史（上卷）》真正令我眼前一亮的地方，恰恰是被认为最难写的，也是有些国内论者以为不合常轨的第一章，即由柯马丁撰写的《早期中国文学：开端至西汉》。吴小如早在 1954 年就曾批评有些治中国文学史的权威，说他们“说起来是研究文学，其实却始终不曾接触到文学本身，他们的历史考据癖很深，至于作品本身的思想艺术如何，很少谈到。最近的一些文章，还是用材料代替研究，简直就是从胡适一流一脉相传下来的东西”。这个毛病，在宇文所安和田晓菲撰写的第三、第四章中暴露无遗，但在柯马丁的第一章中，虽然他所面对的文献极其庞杂，但他始终从文学的视角去审视它们，以至于能在有限的篇章里给我们呈现出一幅早期中国文学新鲜有力的整体景观，相当难得。比如论及《易经》和出土卜辞对四言诗形式的选用，“以诗歌言说，等于以真实、权威言说”；谈到《毛诗》大序传递出的美学观，“人类作者不是亚里士多德意义上的创造者，而是既有特殊性、又有普遍性的表达方式的制作者”；分析《左传》的叙事策略，认为其“与缺乏权威声音有关……历史似乎不是由事件本身所推动的，而是由历史主人公的思考与选择所推动的，他们通常都会为自己的行为做出辩护和解释。在这种修辞框架中，冲突的结果本身远不如其所表明的道德选择重要”。此外，他引用出土文献，证明在秦廷焚书前后，经典学问的传承并无任何改变，“据此而言，秦廷的古典学者并不是受害者，甚至可以说他们是禁止私学的受惠者”，由此连通秦与西汉的思想脉络，令人豁然。

艾朗诺撰写的《第五章：北宋》，也颇可观。顾彬曾抱怨这部《剑桥中国文学史》相当保守，只搜集作品，不分析作品，我想他一定是不耐烦读到第五章就把书扔在一边了。艾朗诺钻研过欧阳修和苏轼，还译过《管锥编》，所以他在这一章中对欧阳修、王安石、苏轼、黄庭坚等人文学思想的细致分析，很得“知人论世”之要领。

和而不同，各从己志，这倒也是这部《剑桥中国文学史》另一个可佩的地方，它也因此远远优于我们国内那些由几个导师带一群学生拼凑出来的文学通史，使得我们在挑剔之余，始终还要保有几分惭愧。

2013 年 8 月

《大唐李白》的问题

张大春熟谙西方现代小说，这些年又对中国传统笔记留意有加，其于世纪交接之处撰《小说稗类》，旨在打通中西古今，开出小说向上一路。昔日《小说稗类》中有两处对传统笔记的态度，恰可以为他如今正随写随刊的《大唐李白》四部曲作注。

一则，他以为传统笔记作为真正的中国“小说”，自有其本来神采和腔调，今日写小说的人不应只把笔记仅仅当作现代长篇小说或短篇小说的材料取用，这样就失去了笔记原有的妙处；二则，他视这浩如烟海的笔记作品为中国叙述学的心脏，而中国叙述学的重要精神，他以为在于“降低‘写作’之意义”，从而回归“材料”本身，无心身前名利，无意流传后世，成就一种“趋近于零的低度书写方式”。

这两处见解，用以针砭五四以来急功近利的小说美学，自有其振聋发聩的效果，然而，悖谬之处在于，张大春虽然一再不满于“现代中国小说其实大多只是用汉字所凑成的西方小说”，但他对于传统笔记的褒扬致意，反反复复，却依旧仅仅出自一个现代西方小说模范读者的好奇与欣赏，并没有见到传统笔记作者在表面的谦卑自抑背后，在其形式腔调上的散漫自得之外，自有其上通经史子集的隐秘雄心，也即《日知录》作者所谓的“平生之志与业皆在其中”。《西游记》第一回有诗云，“料应必遇知音者，说破源流万法通”，张大春之于传统笔记，似乎未窥其源流，故尚且未到知音的层次。因此，《大唐李白》的最大问题，并不在于它“不像小说”，不在于它引入了很多历史考证、诗文疏解和笔记材料，而在于这些考证、疏解和材料，都做得非常粗疏和浮浅，且有些破碎夹生，几乎都只是停留在业余文史爱好者的程度。某种程度上，张大春似乎陷在自己设置的游戏里面。倘若你要讨论其小说美学优劣，他会转身学问之道，称小说家从来不穿制服；当你要盯着其学术部分不放，追索其对于唐史唐诗，究竟有多少的确属于个人独得的、可以成立的新见，他又会说这一切不过是小说家言。于是，《大唐李白·少年游》中最令人心动的地方，最终竟只是一处处选作章节定名的太白诗句，如最末两节的题目，“归时还弄峨眉月”，“归来看取明镜前”，颇见复沓从容之美，而小说云云，不过成了水中月，镜中花。

无端地想起尼采的话，“在山谷中，最短的路是从峰顶到峰顶：但你必须有长腿才能跨越”。而在《大唐李白》着力构造的山谷中，在现代小说和传统笔记的两座山峰之间勉强作为索桥的，或许只是春灯公子的一颗诗心。

2014年4月

在回忆中

在新文学史上，萧红的地位一直并不低。今日英语世界最显赫的中国文学翻译家葛浩文，其最初的成名作，就是《萧红评传》。为此，上世纪 80 年代还掀起过一阵“萧红热”。

但和新旧杂糅、兼涉中西的张爱玲不同，萧红始终是“五四”新文学的女儿，既为鲁迅、丁玲以来的新文学传统所哺育，也不免为其所囿。在她的早期作品如《生死场》和《商市街》中，新文学在情绪上的真挚热烈与技艺上的稚嫩粗率都体现得相当充沛，它们有点像鲁迅所喜爱的木刻版画，虽风行一时，却很难经得起更为久远和宽阔的时光的咀嚼。然而，倘若我们有耐性，从新文学的源头缓缓而下，来到堪称文学黄金时代的 1940 年代，在其入口处，我们会遇到《呼兰河传》。其中，在一种浓烈的成熟女性的细腻情致周围，往往是另一种还没有性别意识的天真和稚朴；在占据全书主导地位的儿童视角背后，始终还存在一个严峻的乡土叙述者；在口语化的散文表述之中，时而流露难以遏制的诗情。大体而言，抒情小说，乡土小说以及儿童叙事，这三种各自发展的新文学传统，在《呼兰河传》中都有所体现，又不仅仅停留于此。

在《呼兰河传》的末尾，作者写下这么一段话："以上我所写的并没有什么幽美的故事，只因他们充满我幼年的记忆，忘却不了，难以忘却，就记在这里了。"

如果我们把这句话视为作者的夫子自道，那么我们就大致懂得了这部小说。这是一部自始至终被一种"回忆行为"所笼罩的小说。借助这种回忆，《呼兰河传》像一个奇迹，从覆盖它的新文学传统中逃逸出来，接通了更为古老的文学脉络。在临终时刻，她称自己这部耗时三年的作品为"半部红楼"，我们唯有从"回忆"的角度理解萧红对自己的这番期许。昔日《红楼梦》作者"风尘碌碌，一事无成"，于晚年"忽念及当日所有之女子"，遂固执地回顾往事，而这种"回忆"的姿态也成为后人所回忆的对象。与此相仿，我们每个读过《呼兰河传》的人，都会对"呼兰河"产生一个至深的印象，可同时留给我们的还有一个寂寞的回忆者的形象——一个困于南方小岛的女子，对遥远（无论在时间上还是空间上）的北国故乡的绵绵不尽的回忆。日后茅盾途经香港，这同样也是一个回忆者。这个回忆者想起他刚刚去世的女儿小时候曾经玩耍过的蝴蝶谷，也想起了浅水湾上萧红寂寞的墓碑。他在写那篇《论萧红的〈呼兰河传〉》的名文时，想到的不会仅是萧红所回忆的

“呼兰河”，感动他的一定还包括萧红的那次寂寞的“回忆行为”本身。

在这样的回忆中，世界是逐点点燃的。我们会依次看到，东二道街上的大水坑、卖豆芽的王寡妇、扎彩铺，小胡同里的卖麻花的、卖豆腐的，跳大神，唱秧歌，放河灯，野台子戏以及四月十八的娘娘庙大会，等等。而这些被作者浓墨重彩描述过的人事，它们之间又有什么相同之处呢？它们并列在小说的开篇，并无什么主次之分，没有哪个场景占据主导地位，每个场景都是一个自足体，一次单独的鸣响。它们只是被作者的回忆逐个点亮，它们所形成的微光又照着作者，去用颤抖的手点亮那些更深处的蜡烛。

《呼兰河传》里有几个人物形象最为鲜明，他们是“祖父”、“有二伯”、“冯歪嘴子”。可细细究来，他们和一般小说中的人物又不同，我们不知道他们来自何方，也不知道他们要去向何处，他们忽然出现在我们面前，我们只知道关于他们的一些细节，他们不是活在时间流程里的人，他们是“回忆”中的人。

我们来看看他们是怎样出场的：

> 呼兰河的小城里住着我的祖父。

> 我家的有二伯，性情真古怪。

磨房里边住着冯歪嘴子。

接下来呢，我们看到的是一些断片。以有二伯为例，我们听到有二伯说的一些古怪的话，看到有二伯的行李和衣裳，发现有二伯会偷东西，晓得有二伯是不吃羊肉的。小说的第六章就因此而分成十四节，每一节都是一截断片，它把我们的目光引向过去，它是某一段连续时光整体中残留的部分。这些断片合拢在一起，并不足以把有二伯的过去全部还原，但它们把我们引向那已遗失的过去。这些断片是作者在“回忆”中还能抓住的具体印象，在那些断片犬牙交错的边缘之外，是一个丰富的生活世界。这些断片所涉及之物超出其自身，因此它获得了比单纯整体更好的强度。

在回忆中，我们常常还会有一种复现过去的冲动。这使得我们一遍遍重温那些陈年的旧故事，又一遍遍地重新讲述。有时我们以为我们在讲一个新故事，讲着讲着，发现我们仍在讲着同样一个旧故事。

这就是《家族以外的人》、《后花园》和《呼兰河传》之间的关系。《家族以外的人》写于1936年萧红在东京的时候，《后花园》写于1940年4月的香港。我们有理由把《呼兰河传》的六、七两章看作对前两部小说的复现，但对比一下我们会发现一个很奇妙的差异。在《后花园》里，冯二成子没有和同一个院子里的他喜欢的赵家姑娘成亲，他是和一个王寡妇结的婚，生了小孩，后来王寡妇死了，小孩也死了。而到了《呼兰河传》里，冯二成子没有做到的，冯歪嘴子做到了，他如愿和院子里的王大姐生活在一起，（这王大姐实际上是《后花园》里赵家姑娘和王寡妇的合成），虽然王大姐死了，但她生的小孩并没有死，他们很健旺地活着。同样，《家族以外的人》中的有二伯最后凄惨离去，而《呼兰河传》里的有二伯仍然在"我"家的院子里大声地骂着怪话。

我们似乎可以这样来理解这种差异性：在《家族以外的人》和《后花园》里回忆只是作为写作小说的素材出现，既然是写小说，就要有头有尾，就要忍心去揭出一些鲜血淋漓的真实。而在《呼兰河传》里，回忆是作为一种生存方式存在的，作者不是在写小说，她只是在回忆，只是为了回忆而回忆；她愿意记得一些美好的东西，也可以去忘却一些事物；她的回忆是一种情感上的自我消化和澄明，亦是如卖火柴的小女孩般创造出一些闪光的时刻。而我们今天读这篇小说的人，竟也感受到其中的温暖。

这是《呼兰河传》最为动人的地方。

如果我们再细察一下究竟是哪些东西构成了回忆，那么我们会发现通常所说的"回忆"实际上都是一种重叠的情绪，它包含至少三种内容。一是对当时所见的回忆，以及对日后各种听闻（关于当时情况）的回忆；二是现在正在思索的，即对所回忆情景的反思；三是对于这种“回忆”的感受，包括一种对于未来的希望或奢望。

以《呼兰河传》第四章为例。这一章的主题不是什么人和事，是“荒凉”。这种“荒凉”既有属于童年记忆里的荒凉，又有回顾这段历史时所感受到的荒凉。因为我们可以看到，其中有些感受，不是一个儿童可以感觉得到的。在这里，作者时而是个冷静地与整个过去“面对面”的回忆者；时而是一个沉入过去的回忆者，这时，过去被当前化了，“我”与过去互在其中；更有时候，作者是跳出来的，她站在高处，充满谅解地看待过去的一切，过去变得模糊而美丽。这三种情况体现了“回忆”的三个层面，于是就有了三种不同的视角：乡土叙事的，儿童叙事的，和抒情叙事的。而由于它们同样来自“回忆行为”的激发，其间的转换遂自然而无有痕迹。

从这一章每一小节的开头之句——“我家是荒凉的。”——来看，你可以说它是一种儿童的真切感受，但更多的，这种荒凉感来自于长大之后的“我”在回忆中的反思，是一个离开乡土之后的批判者的眼光。比如说到粉房的人家：

> 他们一边挂着粉，也是一边唱着的。等粉条晒干了，他们一边收着粉，也是一边唱着。那唱不是从工作得到的愉快，好像含着眼泪在笑似的。

> 只要是一个晴天，粉丝一挂起来了，这歌声就听得见的。因为那破草房是在西南角上，所以那声音比较的辽远。偶尔也有装腔女人的音调在唱“五更天”。

这是冷峻的“回忆”，腔调全然属于乡土叙事。但接下来，又是另一种口吻：

> 我一次进粉房去，想要看一看漏粉到底是怎样漏法。但是不敢细看，我很怕那椽子头掉下来打了我。

这又是一种彻底置身于过去的“回忆”了。既然回到了过去，那么“我”就是一个大胆又害怕的小女孩了，既有好奇心，又害怕遭遇什么坏事情。作者细腻地还原了这种儿童情绪。然而这么说着说着，她又会跳出过去的旋涡，站得远远地看着那些在挣扎的人们：

> 若说他们是生死不怕，那也是不对的，比方那晒粉条的人，从杆子上往下摘粉条的时候，那杆子掉下来了，就吓他一哆嗦。粉条打碎了，他还没有敲打着。他把粉条收起来，他还看着那杆子，他思索起来，他说：“莫不是……”

仿佛那些人只是画家笔下的远景，这里有一种淡淡的抒情气息，但又和那种乡土批判的冷峻无法分割。

而所谓视角之间的自由转换，原本就隶属于更为古典的文学传统。譬如秦观的《满庭芳》：“山抹微云，天连衰草，画角声断谯门”是写远处之景，“暂停征棹，聊共引离尊”写身处之事，“多少蓬莱旧事，空回首，烟霭纷纷”是沉于缠绕不清的过去，“斜阳外，寒鸦万点，流水绕孤村”则又一笔轻轻荡开，回到极目的远处。这又是一个回忆者，中国古典文学里充满了这样的回忆者，而正是在这种回顾目光的审视下，过去现在和未来遂有力量成为浑然的一体，回忆者遂成为创造者。

弗吉尼亚·伍尔夫在上世纪初曾做过一个大胆的预测，她预言未来将出现一种小说，那将用散文写成，但那是一种具有很多诗歌特征的散文。“与目前所熟悉的小说之主要区别，在于它将从生活后退一步，站得更远一点。”她同样是从古典传统中，也就是伊丽莎白时代的戏剧那里感受到未来的影子。

在同一篇文章里，伍尔夫还有一段话，我把它抄在最后，并感谢萧红以及与她相似的作家，把那些被遗忘之物不断地还给我们。

“我们已渐渐忘记，生活的很大而且很重要的一部分，包含在我们对于玫瑰、夜莺、晨曦、夕阳、生命、死亡和命运这一类事物的各种情绪之中。”

2014年9月

碗内和杯底

小说是虚构之事业，但有时候，围绕小说展开的评论却也会成为一种事业之虚构。如果我们不去读具体文本，单单观看每年围绕诸多新发表小说所产生的推荐语、授奖词、书评、作家作品论，以及年终必备的盘点与榜单，不产生一种躬逢盛宴般的幻觉是不可能的。当然，我们也可以说，一场盛宴主要就是由幻觉所构成，由光影、声音、面容、晚礼服和穿梭往来的侍者制服乃至窗外风景所共同构成，至于食物，谁会在意呢。

存在两个文学评论的世界，私下的口耳相传和公开的言论文章。对一个写作者而言，他能获得的更恒久的荣誉，来自前者；虽然对于一个评论者，无论他在私下多么真挚敢言，最终考量他的，是他形诸笔墨的表述。

同样，似乎也存在着两个小说的世界，表面的和深处的。那些坐在海边沙滩上的观光客，所谈论的大海，和水手们谈论的大海，会是同一个存在吗？这里面没有非此即彼、孰优孰劣的矛盾，只有对经验世界的拓展和重新确认。

我在2015年初读到饭饭的《大人故事集》，这些千余字的有关男女关系的小故事，并不能被小小说或微型小说的古旧定义所涵括，而应当被视为五脏俱全的小说。在这些小说中，人物形象的塑造、社会场景和故事的戏剧性都被最大程度简化了，取而代之的更为纯粹的重心，是一个人与另一个人之间产生的关系，以及这种关系对彼此的影响。从小说艺术的角度，这和极简主义无关，而是有点类似于从原子论向着量子论的思维转化，而对此种转化的感受，是现代意识的开端。

今年另一本被称作故事集的小说，是赵松的《抚顺故事集》。与饭饭不同，《抚顺故事集》里的每一篇都是着力讲一个人，但他的基调不再是刻画、塑造，而是回忆和描述。这些人都和自己的生命有关，回忆和描述他们也就是在讲述自己，甚至，也是在令这座生养自己的城市成为小说的主角。这多少有一丝令人想起萧红的《呼兰河传》，但却是全新的语法，是经受过量子论洗礼的现代人在日常生活中重新审视事物。

夏天的时候，朋友光哲力荐我看黄浩的《懒故事》系列，这是一本由民间出版机构“联邦走马”新印制的小说集，我在微信公号上读了几篇，其基本文字风格是这样的：

1. 收到一个陌生女人的礼物，一条牛仔裤，一张自画像，和一句招呼。这是我首次收到一个包裹。

2. 收到一个女人的短信，从早到晚，我在游园，穿梭于故宫之中，小情侣好友在前，我在后简短回复。

……

6. 喝工夫茶到半夜。上床，我的笨拙让李红认可我是初夜。

7. 发烧。在古旧的宾馆，醒来，李红给我买了白粥。她看起来还不怎么熟悉。

——《懒故事之爱情故事》

语句如工作日志般冰冷、斩截，却自有一种因为清除了一切平庸芜秽细节之后的干净与生气，以及隐秘的修辞考究。朋友说，“现在那些主流写作的看着好像马奈时代的学院画家，无聊乏味死了”。我部分同意他的意见。文学期刊上活跃的诸多小说作者时常用力在一些俗套细节的编织上，只为求得某种工艺品的完整性，所谓的完成度。而艺术的第一要义不在于完整，而在于新鲜。只不过，力求新鲜的小说书写者也必须认识到，日光下没有新事，一切看似新鲜之创造，不过是对某种被忽视传统的唤醒。如此，小说书写者方能既从广泛的平庸中振拔而出，又不沾沾自喜于小众趣味（它不过是大众趣味的镜像罢了）。比如，在朱岳2015年出版的小说集《说部之乱》中有一篇《回信》，就生动清醒地表达了新一代小说家在此方面的强悍认知：

你让我想想经历过什么奇怪的事，提供给你做小说素材，我想趁此机会跟你说说我的想法。我认为小说创作不应总是去找怪事来写。你似乎一直都很迷信想象力，但如果你的阅读面足够广，你会发现你想到的很多东西，远在古代就有人想过了……

你做过一个比喻，如果这个世界是一只大碗，那小说作者就是一些坐在大碗沿口的人，一面可以俯视碗中世界，一面可以眺望碗外的虚空。这碗被一只无形的大手端着，始终在摇晃，有些人可能滑入碗内，有些人则跌入碗外的虚空，但无论他们落在哪里，都要尽可能回到碗沿上坐稳。而我大概是那种一直住在碗内的人。我一直想写一篇小说，讲述一个老人在仲秋时节，在北海公园里坐了一天，傍晚时分，他在夕阳下走出公园，在一家小饭馆点了一条红烧鱼、一瓶啤酒、一碗米饭。我觉得这比你那些光怪陆离的故事要好，要安静。

这是小说吗？是的。那个讲述老人在北海公园的小说后来写出来了吗？已经写了。

我非常喜欢朱岳这个“住在碗内”的比喻，由此想起另一个也很喜欢的关于小说家的比喻，来自颜歌：

小说家的伟大在于他会用长久的时间来雕琢这个世界中一切无关紧要的事物，可能是一张沙发的色彩，光线进入房间的浓淡，甚至就是放在茶几上的那个咖啡杯。

……永远不会有人发现，小说家曾经是怎样用对磨难的忍耐和对真实的渴求来在手中反复地，贪婪地摩挲这个咖啡杯：它的把手，杯口，甚至是底部——他花费了一个小时，两个小时，甚至三天、五天来制作这个杯子，在杯底画上一个完美的图案，他写了十五万字，然后删除，重新开始写，周而复始，终于，他对杯子感到满意了，对杯子底部的花纹也满意了，他就把它轻轻地放在刘蓉蓉的桌子上。它将在那一直放到故事结束，而直到故事结束的时候，也不会有人注意到它。

没有人知道小说家的伟大就在杯子里，就在杯子永远地遮挡住的底部。

只有这样的微小、琐碎和无关紧要，才可以给小说家带来救赎。

在颜歌今年出版的《平乐镇伤心故事集》（又是一个故事集）里，时常有一种不慌不忙的属于汉语的优雅，以及电影胶片一帧一帧均匀前进的从容不迫。这种优雅和从容，得益于她在小说技艺上的学养。那种写着写着就迫切要翻出底牌给评论家看的自卑自负，不属于颜歌。但同时，颜歌所谓的“对世界中一切无关紧要事物的雕琢”，如她所言，一定要刻在不为人知的杯底才可谓有益于自身，这倒是经验匮乏的年轻一代小说书写者尤其需要警醒的地方。

安静地住在世界的碗内，将自己的洞见刻于杯底，在2015年，我有幸可以看见一些具有这样风度的小说写作者，他们会由此听清人类的声音，并令自己的声音也从中涌出。

2015年12月

大量的套路，微小的奇迹

岁末年初，是各种文学榜单和盘点云集的时候，其中一项是关于 2016 年发表的短篇小说，备选小说都来自一些著名文学期刊、选刊和批评家的提名，约有二三十部。我因为平时这方面的阅读量并不大，所以乐得坐享其成，并且，因为这些小说并非自己的挑选，也就避免了某种预先的个人趣味，毕竟一个人最初的时候只能看见自己有能力看见的东西。

因此，我接下来要谈论的，既非一种个人视野下的年度短篇小说印象，也非作为实际存在的 2016 年国内短篇小说概貌，而只是这一年看上去被文学界相对认可的短篇小说形态，而这其实更加有趣和重要，如同人们往往是通过爱情小说来了解爱情，很多缺乏自信的小说写作者最初也是通过文学编辑和批评家的口味来揣摩小说的美学。

劳伦斯·布洛克传授过一个他自认为受用无穷的小说技巧，那就是，“别在故事开始的地方开始”，换句话说，让故事从中间开始。几十年后，随着创意写作课的全球流行，这个布洛克当年的独得之秘，却几乎成为短篇小说最常见到的一种模式。

> 某人离开家，出发（去旅行，约会，聚餐，去医院看病人，或者就是去看个电影，跑个步，喝个咖啡），见到另外几个人（插入之前的交往史，现在的外貌描写），聊天（往事继续浮现），接到来自丈夫、妻子、情人、母亲或儿子的电话（插入婚姻和家族生活史，各种病情和隐情交代），回到现在时（插入环境描写），偶遇陌生人或某样动物或东西，回家或继续在外（生活中某道缝隙打开），启迪（或者反高潮）。

以上情节概述，既是我此刻完全随意的编造，又是一种阅读印象的确切残留。我有个朋友把这种情节弱化、放大一瞬的小说模式，称为美国创意写作班培养出来的短篇小说，简称“美短”。我觉得非常形象。记忆中以前白先勇也经常有此种写法，当时只是笼统唤作意识流，现在看来似乎不够准确，还是叫“美短”比较合适。

还有一种短篇小说，或可称作道具小说，就是围绕一件物品展开的各种隐喻指涉。国内早期这方面的小说可能来自莫泊桑和欧·亨利的启蒙，以前苏童最为擅长，今年他有一篇《万用表》，似乎又重拾此道，不能说他写得不好，但也就只是一种很熟练的好。

和中篇小说写作者大多陷入不可自拔的“社会新闻加故事会”模式不同，短篇小说的作者大都仍力图追求某种超越性的诗意，然而，这种诗意，一旦沦为可以操控和机械复制的诗意，无论是行文断句上（海明威式或卡佛式）的还是情节结构上（美短，道具，或许还有法短和日短）的，就很糟糕，就像校园诗社里涌现的现代诗，每一首单看起来都特别像一首现代诗，放在一起之后，还是只像一首诗。当然，就诗艺而言，年轻的校园诗人都要有一个研习摹仿的阶段，本无可责备，而如果很多业已成熟的小说写作者依旧满足于一种模式化写作，满足于写出一篇篇像小说的或者说符合现有审美套路的小说，恐怕就总让人觉得有些难堪。

在这样的背景下，储福金的《棋语·搏杀》就显得有些孤独。它的叙事非常老派，让人粗看感觉不过是阿城《棋王》一路，但它把显而易见的寓意落到生活和棋盘的细微处，用真切扎实的细节和棋理，讲述一场虚幻的棋局，却不落编造痕迹，似幻似真，正是短篇小说的高境。我甚至觉得，有了《棋语》系列，阿城的《棋王》就显得没有那么出色了。这种小说之间的竞争，会比显而易见的模仿和套路，更让人振奋。

弗洛伊德谈论过男性的“圣母—荡妇情结”，心理学家感兴趣的通常是庸众思维，而在很多中国男性小说家的思维中，女性似乎就是被这么模式化般地粗暴划分的。在弋舟今年广受好评的短篇小说《随园》中，女主人公从校园时代就来者不拒，和老师，和无数男生，和校外青年，和流浪诗人，后来人到中年，生了乳癌，切掉半只乳房，也丧失了欲望，后来她驱车回去看病入膏肓的老师，感谢曾被她予以性启蒙的老师曾给予自己的对于某段黑暗历史的启蒙，一段性启蒙和历史启蒙之间的转喻，一个从荡妇向着“圣母”的逆转故事。我猜测，这篇小说之所以获得从文学专家到普通读者的一致好评，因为它既满足了普通男性（包括一些患厌女症的女性）对于女性的想象，也满足了文学专家对于小说应该揭露历史黑暗面的想象。但一部好小说不会仅仅满足于符合他人的想象，相反，它总是能够对抗他人的想象。我们可能每个人在校园时代都曾听说过某某女生“人尽可夫”的传闻，但一位小说家应当懂得，这样的女生可能的确拥有很多情爱故事，但这些故事并不能缩减成类似“人尽可夫”这样的模式化概述；一位旨在理解人类每一颗具体而微心灵的小说家，应当明白类似的传闻其实只是源自最肤浅和卑劣的大众心理，更应当警惕自己不要也成为这“恶的平庸性”中的一员，而不是像《随园》这样，一边似乎在揭露黑暗，一边又毫无自知地成为恶的同谋。某种程度上，这种自我要求和警觉，也构成了现代小说的道德基石。

在这个意义上，2016 年我看到的一些最有希望的短篇写作，是在那些榜单和提名之外的，比如沈诞琦的短篇小说集《中国特色的译文读者》。这是一位勇敢和自由的写作者，一个热爱讲故事的有天赋的文体家。而在她的这部小说处女集中，更为珍贵的是，她热爱的是“讲故事”本身，讲述那些要求她必须讲述否则就会消亡的、被爱所推动的故事，而非编造一些旨在博取影响的故事，以至于，在她的这些短篇小说中，故事都不愿意被讲完，不愿意快快通向一个结局，它们（那些故事中的人与事物）被美妙的汉语所拥抱、缠绕，并愉快自如地呼吸，仿佛现代小说未诞生前就已存在的那些故事。这里面所洋溢的那种智性与任性，爱与自由教育，是汉语小说中久违的。

弗兰克·奥康纳，一位爱尔兰短篇小说大师，认为短篇小说旨在表达的，是远离大众的、被湮没的人群中传出的“孤独的声音”。这“孤独的声音”近些年在国内文坛似乎很流行，但我很高兴在2016年看到哈罗德·布鲁姆的一段反驳，他说：“从奥康纳这一描述中我可以看见D.H.劳伦斯和詹姆斯·乔伊斯，海明威和凯瑟琳·安·波特，但是我看不到安徒生、屠格涅夫、马克·吐温、托尔斯泰、吉卜林和伊萨克·巴别尔。抒情诗歌从文艺复兴到浪漫主义，乃至到W.B.叶芝，均出自一座美好的高塔，但是短篇小说未必要反映任何一种特殊的社会辩证法……短篇小说首先让我想到的是它的多样性……马克·吐温、托马斯·曼、海明威、福克纳以及司各特·菲茨杰拉德，他们都深知孤独的滋味，但是对我来说，那几乎不是他们任何一个作为小说家关注的中心。劳伦斯告诉我们要相信故事，而不是艺术家，伟大的故事很少只是反映某一种人性特征。

也许短篇小说只是像一个又一个奇迹彼此相联。”

是的，短篇小说是一个又一个奇迹。2016 年，这样的奇迹看起来似乎太少，但这不就是“奇迹”本来的意思吗？

2017 年 1 月

在写作中重新理解创世神话

我不是作为一个神话专家去撰写有关创世神话故事的，而是因为受命写鲧和禹的故事，遂被迫一脚闯入一个原本知之甚少的领域，几个月鼹鼠饮河式的阅读加上浅尝辄止的写作，本身虽完全谈不上能有什么新见新得，但对于旧见和旧得，以及写作中才会遭遇的困难，多少有一点切身的体会。

中西神话的区别，诸如为什么中国神话仅存零星而不成系统，为什么汉民族缺乏与神话紧密相连的史诗传统，等等，自鲁迅、茅盾以来就是困扰中国知识分子的问题，也提出了各种各样的解释。然而大多数的解释，都有一个默认的前提，即认为神话已经是一个过去完成时的、不可改变的既定存在，现代人能做的工作，是辨伪、钩沉、搜集整理，乃至适度的系统化构造。也就是说，默默地用神话学来取代神话，如同用观念史取代观念，用文学史取代文学。

这方面，现代以来，大抵以茅盾《中国神话研究 ABC》为发端，随后，因为中国神话与上古史千丝万缕的联系，基本上是由古史辨派和考古学者接管了神话领域的发言权，神话研究和古史学交融在一起。因此，我们今天要了解中国神话，首先要研读的，非得是上古史方面的著作不行。而这意味着，从简单的家喻户晓的神话故事折返，先回到幽暗混沌的古典想象中去。以大禹为例，自顾颉刚、童书业合著的《鲧禹的故事》之后，禹至少在汉代已为社神这一说，几为定论，又经丁山（《古代神话与民族》）、杨宽（《中国上古史导论》）等学者之后，我们会发现，类似大禹治水、合诸侯于涂山等故事可以被还原为一系列先民祷雨神话，禹本身也随着东夷和西羌诸民族在这块陆地上的起伏，经历了一个从雨神到山川之神再到社神的变迁。这里面有两重升格，一是从上古至春秋，禹从传说人物被官方或民间慢慢升至某种社会需要的神格；一是从宋明到现代，禹在被儒家从神坛拉下并赋予圣人之格后，又被现代史学逐渐恢复其更原始的神格。

古史的研读与训练，不是教给我们一个明确的某个历史或创世神话形象的本质，而是让我们明白和体会在任何历史或神话形象背后的种种具体复杂与含混多变，以及一代代人的想象与要求如何在这些形象身上附着与体现。认识到这一点，我们就不会纠缠在诸如“禹的祖籍一定在（不在）某处”或者“禹一定做过（没做过）某事”这样的简单断论中。又比如在《尚书·禹贡》中出现的禹“巡九州，通九道，陂九泽，度九山”，重点就不在于这是否为禹的真实事迹，而在于通过这样的事迹描述我们可以看到战国时期的中国人对于这块大陆的地理认知。某种程度上，创世神话人物都是类似 0 的存在，我们不是通过历代典籍和史料去捕捉这个 0 的所谓本质，而是借助这个 0 与每个时代不同的真实关系，去理解每个时代，乃至最后理解我们自身。

但与严肃学者对于幽暗复杂的艰苦探寻相对立的，永远是民间对于简明和确定性的执着要求。因此，在创世神话领域，与古史研究一直并举的，就是民间故事和口头传说。然而，与列维－斯特劳斯对于美洲原始部落的诸多富有启示意义的人类学调查不同，由于中华民族作为整体早已是一个被高度文明化的民族，即便是你从某个乡村九十岁老叟那里听到的故事，其所谓的民间内核，也不过是几代人口耳相传，最多不过是上溯至明清罢了。民国时候有一本很奇特的书叫作《中国上古神话演义》，作者是余杭人钟毓龙，用类似《封神演义》的章回体小说形式写上古神话，虽然想象力不凡，但里面贯穿始终的却依旧是后世才有的君臣思维和儒家理想，而就是这种来自乡绅的想象落到民间，汇聚成所谓的口头文学和民间文学，其距离原初神话精神之遥远，可想而知。

我们看到已经有的两条理解中华创世神话的进路，历史的和民间的。神话遂暗暗分裂成两种形式，作为学术研究对象的神话，和作为通俗故事的神话。类似袁珂这样的现代神话学者所做的努力，也就是在学术研究和通俗故事之间做一种尽可能的整合。但假如我们把西方神话作为参照物进行比较（这种平行参照其实从一开始就存在），会发现在种种表面的差异背后，事实上我们的创世神话一直少了另一个维度，少了另一种人的参与，那就是强力诗人。

希腊奥林波斯山的诸神不是一开始就待在那里，如同地下文物或海底沉船一样被发掘或打捞的，而是有了荷马和赫西俄德这样的杰出诗人，古希腊诸神的谱系才得以成形；同样，是先有了维吉尔和奥维德，古罗马民族才确认了自己的神话源头。这些史诗诗人不仅仅是整理者、研究者、讲述者，更重要的，他们还是创造者。是这些诗人，将那些在时光流转中抵制变形的、散乱又坚硬的神话素材，与自身所处的时代，与人类的各种基本欲望，糅合在一起，从而创造出一个民族的精神源头。

在中国，曾经最有可能成为类似这种创世诗人的，是屈原。他的《天问》，可以视为一个大混乱时代起意追寻精神源头和整体性的创世神话总纲，因为任何神话，都起源于人的疑问，和对疑问的解释。假使屈原可以活得长久一点，那些他所提出的看似没有答案的问题，或许会一点点逼迫他给出自己的答案，而这答案也不是真理或事实，只是对人的重新理解和意义的创造。

在屈原之后，那些中国人未曾完成的神话欲求，遂朝着两个方向遁离，即文人笔记体小说和道教，这其中的枝节蔓衍，不是这篇小文章有能力概述的。然而干宝《搜神记》序云：

"有所感起，是用发愤。"要理解各种"神道设教"中的那颗唯独属于写作者的感发之心，当是今日诸君从事创世神话工作的前提。

2017年4月

困境与声音

张晓琴把她最近的一本文论集题名为《我们的困境，我们的声音》，这名字来源于文集中的一篇同名文章（以下引文如无特别注明均来自此文），谈“70后”一代文学批评从业者所面临的“共同的困境，以及在困境中发出声音的艰难”，而因为其中流露出的诚挚自省，或许这篇文章可以成为理解张晓琴文学批评写作的一个窗口。

她谈到70一代学者相似的经历，“1990年代至新世纪初依次接受了从本科到博士的高等教育，接受了正规而系统的学院教育与专业训练，毕业后进入高校和研究机构，从事教学和科研工作，至今已有十年左右甚至更长的学术生涯”，而在另一本文论集《大荒以西》的后记里，她也曾如是交代自己的学术经历：“和诸多在高校从事当代文学研究和批评的写作者一样，我们有着简单、持久又殊途同归的求学经历。我在硕士毕业后到兰州大学攻读了中国当代文学博士学位。博士毕业工作后，先在北京师范大学做访问学者，后在北京大学中文系博士后流动站学习。”由此我们可以看到一个对同质化倾向特别敏感的写作者，而唯有这样的敏感，可以让一个人努力找到自己独特的立足点，进而发出自己特殊的声音。

举凡生态文学、西部文学，可以说是张晓琴最初用力颇深的两个领域。某种程度上，在治学方法上她更受前一代学者的影响，习惯于自觉认领一个熟悉亲切的研究领域，然后精耕细作，积土成山，积水成渊，而不是泛滥无旨归地顺着热点或人情来写作。如果说《中国当代生态文学研究》尚且还是计划在先的博士论文，是一次理论指导实践的思想训练，那么，到了《大荒以西》，我们就可以看到她十余年里散碎的足迹如何渐渐勾勒出一块属于自己的西部地图，这地图有点有面，既有对单个著名作家（如贾平凹）漫长小说生涯的连续追踪式批评，也有对张好好、于晓威、离离这样相对边缘的作家纯粹出自个人喜爱的关注。《大荒以西》辑一收入论贾平凹八篇文章，就我印象而言，假如抛却那些学院作业式的专论，同辈乃至更年轻一代的批评写作者似乎鲜有这样反复面对同一位评论对象的恒心，这种专攻某位作家的做法，似乎在 50 代、60 代批评家中更为常见，彼时常常出现作家与批评家同生共长的现象，而对张晓琴而言，她并无意画地为牢、以贾平凹研究者自居，也正基于此，她又会对年轻一代批评家“为同代人写作”的老调重弹表示轻微的困惑，“我们也深知批评应该关注同代人的重要性，然而，当代作家中70代之前那些作家的作品似乎更具有强大的吸引力”，显然，在张晓琴这里，若论文学批评的要义，她更倾向来自内在的、个体心灵的感发，而非外在的、文学史策略上的审时度势。

因此，当她谈到这一代批评写作者面临的所谓“代际困境”时，我所感受到的，毋宁说，是她自身的，在群体和个体、应然与实然之间徘徊的一团矛盾。文学批评是一项面对群体的事业，而写作本身又是极其个人的事，晓琴是极聪明的人，唯其如此，作为一个从事文学批评的写作者，困惑怕也就会更深一些。

她的批评写作，总体上是以文本细读为主，用她自己的话说，就希望“发现文本自身的特质，然后方能找到适合它的批评方式与话语”。读她的批评文字，可以感受到一种强烈的条分缕析的趣向。她擅于将所论文本的特质化整为零，再逐一阐释。比如《伊卡洛斯的羽翼——刘建东小说论》，分成“叙事：真相或者可能性”、“人物：真假或者同一个人”、“意象：建造或者飞翔”三节;《千年孤独、中国经验》一文论刘震云《一句顶一万句》，分为“孤独：存在的本质”、“说话：意义的思考”、“互文：精神的比照”三节；论贾平凹《老生》的《老生梦蝶几人醒》，分为四节，“一种小说中国的方式”、“两重中国的历史空间”、“三个讲故事的人”、“几个深远的意象”;《张好好的布尔津》，下设“诗性的温暖的布尔津”、“民族的历史的布尔津”、

“哲学的生态的布尔津”；等等。

单看这些文章的小标题，我们就可以察觉一种既经过训练又出于自觉的谨严，这种训练来自学院教育，力求通过分类法来全面把握对象文本，而这种自觉是出自她自己的诗性，讲究简约中的整饬。

然而，文本细读并不等于用既有的分类法去描述文本。各种已经成型的分类法，无论是按照主题区分，还是按照小说叙事构成、抑或结合社会历史批评将之分成艺术、思想以及历史语境，诸如此类，都可以帮助我们窥测一个文本能够覆盖的平面宽度，但倘若缺乏各种相近文本之间细腻精深的比较，就很难呈现出这一文本的独特深度或独特缺陷。当代文学批评由于面对的大都是一些孤立的新文本，缺少像批评经典文本时可以依傍的那些前人评论和史料积淀，论者往往不自觉地将气力主要用于情节复述和文本诸元素的交代，加之一些简单的判断，如此，就时常会被习惯搞史料研究的人质疑其学术含量。因此，当晓琴谈到她所面临的批评困境，其实她已然意识到这或许不是她一个人的问题，而是该领域的同代从业者可能普遍遭遇的问题。

晓琴也看到了几种解决这问题的尝试。一种是如其师长辈所擅长的那样，借助某种西方理论来驾驭文本，以理论之刀解文本之牛。然而此种做法的前提，是要求精熟于该理论所涉及的整个思维辩证过程，而非单单只是几个结论或观点，如晓琴在论述其师陈晓明先生的文章《哲学与文学的“奇怪建制”——陈晓明学术思想论略》里所提到的，前代学者是至少读着诸如商务印书馆出版的汉译学术名著丛书来入门的，这种系统的原典阅读保证了他们对于理论的亲熟度。但到了年轻一代，学院与学术期刊相濡以沫，很多学人所谓的学术参考文献更多依赖知网上二手三手的期刊文章，或者说仅仅是把理论著作视为观点的仓库，而非感受力、思辨过程与治学理路的典范。这使得他们对于理论的使用往往很“隔”（但这种“隔”原非理论自身的过错），所引用的理论遂每每成为论者的拐杖而非利刃。

另外一种尝试，是所谓“跨出”文学，“离开批评然后再回到批评，从文学之外再进入文学之内”，借助文史哲各学科的综合视野来加持文学批评。这种做法本身无可厚非，但正如尼采早就说过的，两座山峰之间的最短距离虽然是山顶与山顶之间的距离，但也需长腿之人才能如此跨越。如果一个文学学科的从业者连文学理论和批评史都难以搞清，我们如何信任他能够透彻理解诸如哲学、历史学乃至社会学的内容，并将之再应用于文学？再参考特里·伊格尔顿的话：“如果人对作品的语言没有一定的敏感度，那么他既提不出政治问题，也提不出理论问题。”如果一个文学学科的从业者不能够首先透彻理解并尊重文学，如果他们仅仅是哈罗德·布鲁姆所谓的“憎恨学派”中的一员，那么，他们的所谓“跨出”，其实只是“逃出”罢了。跨文学的批评方式之所以逐渐成为现当代文学专业诸公的新宠，在我看来，主要是因为很多从业者自身文学理论素养和感受力不足所导致的对于文学理论乃至对于文学的奇怪轻慢，更有甚者，很多所谓的跨文学实践，仅仅只是学院论文批量生产的新一代工业流水线而已，其学术成分，即便有，恐怕也是术大于学。

这两种尝试，显然皆非晓琴所愿，她坚持认为，“批评意味着用生命去拥抱文学，让自己的灵魂在杰作中游历探险。批评意味着批评家用一颗初心感悟作品中作家的心，以及此心映照出的宇宙万物和人”。虽然这种说法容易沦为一种粗糙的印象式批评，但这种坚持立足于文学本体的意愿，我觉得依旧是晓琴特别可贵的地方。而她避免粗糙且突破困境的办法，是从细读走向重读。

《四月的歌手——重读〈人生〉怀路遥》、《招不回的游魂——庄之蝶论》、《人性的扑火者——田小娥论》，晓琴近期所写的这三篇文章，我觉得可能对于她的批评写作会有标志性的意义。虽然，她涉及的都是一些一二十年前的旧小说，但写出的文章却是新的，因为这些文章里有她自己，她把自己放到了这些影响过自己的作品中。

于是，那种她曾经娴熟运用的面对客体的分类法，在这几篇文章中消失了，取而代之的，是一种与主体生命息息相关的审思与探寻，那过去初读作品的自己和现在重读时的自己，十几年的生命变化借助这看似不再变化的作品，又重新被自己所认识，所打量。而就在这样如镜照人的相互映射中，个体的深度和作品的深度都得以有新的显现。这使得她行文的语调似乎也发生了些微的变化，变得随性自由又沉着坚定。她写道，“冬天的白鹿原，雪后灰暗的天空，轻轻振翅旋即被打死的彩蝶，是读过《白鹿原》许久之后突然涌起的记忆”，这种始终不散去的生命记忆，是文学的缘起，也是文学批评的温度。

“我在何处？”这是张晓琴当年关于沈从文的硕士论文开篇就提出的问题。这样古老的问题曾经横陈在她学术生涯的开端，很多年之后，我看见她又重新拾起它，并叩出新的声音。而所谓的学问，不就是一再地回到开端吗，或者说，一再地为自己重新找到开端。

2017年5月

什么是批评，何谓文体

1

什么是批评？一种深入人心且广为流布的观点，认为批评就是“好处说好，坏处说坏”，据说来自鲁迅。1978年的《社会科学战线》发表过王永生、戴翊合著的《“批评必须坏处说坏，好处说好”——学习鲁迅关于文艺批评的论述与实践札记》一文，或许是这种“鲁迅批评观”的滥觞。如今，四十年过去，这“八字真言”似乎始终成为套在“批评”这门行当头顶的符咒，必要的时候就念几声，立刻海晏河清。

但这未必是鲁迅的本意。

考这八个字的出处，是在鲁迅1933年《我怎么做起小说来》一文里，收入《南腔北调集》中，是应编辑之约，回顾自己十年前写小说的初衷、方法和得失，其中有一段谈到批评，这里不妨多引几行：

> 还有一层，是我每当写作，一律抹杀各种的批评。因为那时中国的创作界固然幼稚，批评界更幼稚，不是举之上天，就是按之入地，倘将这些放在眼里，就要自命不凡，或觉得非自杀不足以谢天下的。批评必须坏处说坏，好处说好，才于作者有益。
>
> 但我常看外国的批评文章，因为他于我没有恩怨嫉恨，虽然所评的是别人的作品，却很有可以借镜之处。但自然，我也同时一定留心这批评家的派别。

我们可以看到，这“坏处说坏，好处说好”本只是一句话的上半截，而下半截的“才与作者有益”才是这句有关“批评”的论述的落脚点，但被拦腰切断之后，就成了“批评必须坏处说坏，好处说好”，一个条件句式神奇地变成了一个判断句式，这其中意思的大相径庭，就好比说“跑步必须穿跑鞋，才对跑者有益”被简化成“跑步必须穿跑鞋”，进而又扭曲成“跑步就是穿跑鞋”。

如果再结合这篇文章的上下文，鲁迅原话的意思其实很清楚：一个写作者，对自己的写作得失其实是最有感觉的，但未必很清晰，或者说，未必愿意直面，所以对于作者“有益”的批评，不是捧和骂，而是那些可以准确指陈其得失的批评，从而可以帮助他清醒地认识自我。倘若颠倒一下句式，这句话的确切意思恐怕更清楚些："于作者有益的批评，必须坏处说坏，好处说好"。鲁迅在这里根本不是在给"批评"下一个定义，而只是从作者的角度，辨析何种批评是有益的。

因此，鲁迅所说的"坏处说坏，好处说好"，这个"坏处"和"好处"的意识，原本是明确来自作者，而非批评家——是作者意识到却企图蒙混过去的缺陷，恰好被批评家指出来了；是作者呈现出却未必有自信的优长，恰好被批评家加以印证了。批评遂成为作者的一面用以自照的镜子。倘若脱离了作者，单纯地宣称批评就是"坏处说坏，好处说好"，这无形中就假定从事批评领域的每一个人首先都先天性地知道何谓好坏，其次，对这个"好坏"标准还都默认有一个共识，再者，"批评"的重心被放在了"说"上面。于是，批评，从一个艰难复杂的美学问题和能力问题，就很轻易地滑至一个普通伦理问题，于是，人人都可以是批评家，只要他们自认是真诚的，并且还有愿意说话的那张嘴巴。

2

在"批评"这个问题上，这种纠缠几十年的、低层次的概念混乱，并不能归咎于鲁迅，同时，也不能归咎于现代汉语批评传统的薄弱。事实上，早在1930年代初，林语堂在一次名为《论现代批评的职务》的大学公开演讲中，就曾引用马修·阿诺德“批评是认清对象的真相”（Criticism is the effort to see the object as in itself it really is）一语，作为时人应当认识到的“批评的实质”。

“认清对象的真相”，批评的这个意思，恰与“批”这个词的汉语古义也相吻合。《庄子·养生主》：“批大郤，导大窾，因其固然”，这里庖丁所谓的“批”，是击中，其前提就是认清牛的真相，认清它的整体和每一个细节。而我们现在很多人一看到这个“批”字，直接想到的，却是批斗的批，是批林批孔的批，如此百姓日用而不知也就罢了，专家也跟着望文生义，以其昏昏使人昏昏。

“认清对象的真相”，与“坏处说坏、好处说好”并不矛盾，但后者的表述，很容易退化成一种“敢不敢”的问题，而前者，无法回避的是一个“有没有能力”的问题。它强调批评并非从某种外在标准出发的褒贬，而是时时刻刻以透彻理解批评对象为旨归，如庖丁之“批”，并不是仗着刀刃的锋利去解牛，相反，他是依赖对牛的透彻理解来确保刀刃始终“新发于硎”。

对文学批评来说，它要认清的对象就是具体的文学作品，那么，接下来的问题就是，何谓一部部具体文学作品的真相？如何能做到庖丁解牛，而非指鹿为马？

3

如此就涉及到对“文体”的讨论。“文体”这个词是中文里旧有的，但我们今天所使用的“文体”这个概念，是来自对“style”这个西方文论术语的翻译。Style，旧时也译为“风格”，如布封“风格就是人本身”的名言，以及苏珊·桑塔格文论集《反对阐释》中的《论风格》（*on style*）一文。意识到在很大程度上，我们所谈论的“文体”和“风格”是一个意思，这有助于我们厘清一些无关中西古今之争而仅仅同样是出自望文生义的混乱：大量对“文体”的讨论，实则要么在讨论体裁，如小说、散文、评论；抑或是在讨论类型，如学院批评、媒体书评；再者，是在讨论装饰性，比如很多人挂在嘴边的所谓当年先锋小说家文体意识强烈，而今天的小说家文体意识淡薄，在我看来，这种强烈和淡薄，只不过是曾经的时尚成为今天的基本款，相对而言就不引人注目罢了，如果仅仅把文体等同于在叙事形式上搞点结构主义的小花样，那就好比认为唯有身着奇装异服者或行为艺术家才是人，似乎多少有些荒唐。

> 那是因为每一个作品都是一个整体……知识、事实与发现都很容易脱离作品而转入别人手里，它们经更巧妙的手笔一写，甚至于会比原作还要出色些哩。这些东西都是身外物，风格却就是本人。因此，风格既不能脱离作品，

又不能转借，也不能变换。

——布封《论风格》，范希衡译

谈论风格，是谈论艺术作品的总体性的一种方式。

的确，一切有关风格的隐喻都实际等同于把实体置于内部，风格置于外部。把这个隐喻倒转过来，或许更得要领：实体或题材在外，风格在内。如柯克托所言："装饰性风格从未存在过。风格是灵魂，而我们的不幸在于，灵魂却穿上了身体的形式。"……在几乎任何一种情形中，我们的外表的风度就是我们的本质的风度。面具就是脸。

被作为艺术作品来看待的艺术作品是一种体验，不是一个声明或对某个问题的一个回答。艺术并不仅仅关于某物；它自身就是某物。一件艺术作品就是世界中的一个物，而不只是关于世界的一个文本或评论。

——苏珊·桑坦格《论风格》，程巍译

布封是18世纪法国的博物学者，桑塔格是20世纪下半叶活跃的美国批评家，中间经历多少文学理论与思想的变革，但在他们对文体（风格）的理解中，却依旧存在某种惊人的相似。他们都同意，首先，要从整体性的角度去看待艺术作品，其次，这种整体性有另一个名字，即文体（风格）。他们都将一件艺术作品所呈现的这种整体性，比作一个人或一个有生命之物的整体性，文体（风格）不是外在装饰性的，也不是可以脱离具体作品存在的抽象概念。由此，谈论一件文学作品，就是谈论这种整体性，就是谈论它的文体（风格），如同谈论一个人就是谈论他的灵魂。

文学作品的真相，即它带入这个世界的、独特的文体（风格），如同被带入世界的、一个新的灵魂，而文学批评，简单讲，也即对于文体（风格）的辨识、判断和论证。

4

我们这里谈的合成词“文体”（style），不同于中国古典文论里的偏正词“文体”。

> 《宋书·谢灵运传论》：“自汉至魏，四百余年，辞人才子，文体三变，相如工为形似之言，二班长于情理之说，子建、仲宣以气质为体。”
>
> 《文心雕龙·体性》：“若总其归涂，则数穷八体：一曰典雅，二曰远奥，三曰精约，四曰显附，五曰繁缛，六曰壮丽，七曰新奇，八曰轻靡。”
>
> 萧子显《南齐书·文学传论》：“今之文章，作者虽众，

总而为论，略有三体：一则启心闲绎，托辞华旷，虽存巧绮，终致迂回，……此体之源，出灵运而成也。次则缉事比类，非对不发，……唯睹事例，顿失清采。此则傅咸五经，应璩指事，虽不全似，可以类从。次则发唱惊挺，操调险急，雕藻淫艳，倾炫心魂。……斯鲍照之遗烈也。”

从这些引文可以看到，古典文论里的“文体”，显然不是指某单个作品呈现的、新鲜造物般的整体性，而是众多作品共同汇聚而成的、已成为传统的整体性，是一种类型学认知。

我们这里谈的“文体”，某种程度上更接近西方现代结构主义者所谈的“结构”，但相对于“结构”的分析理性，“文体”则又依然保持对于价值判断的热诚。

具体而言，一个作品的文体可以分成细节和谱系两个方向：细节是横向的，在空间中无限铺展开来，涉及作品的方方面面，叙事、人物、语言、细节、道德关怀、历史认识，等等；谱系则是纵向的，进入时间深处，涉及一系列在此新作品之前出现的过去作品，涉及它们之间的各种复杂关系。进入细节的方法是分析和感受，进入谱系的方法是比较和评判。

如此，要辨识一个作品的文体，就涉及理解时间和空间。

韦勒克曾经引用德国批评家 W. 米尔希的一句话，“文学批评显著不同的特点在于，在批评中，每一事物都必须同我们联系起来”。与之对应的，是詹姆斯·伍德曾经引用过的肯尼斯·伯克的一句话，“批评的主要理想在我看来，就是利用一切能利用的”。第一句话是从万物走向批评主体，第二句话是从批评主体走向万物，在这些个意义上，批评在“认清对象的真相”的努力过程中，也是在逐步认清自我和世界。

2017 年 9 月

文学的千分之一

《小说课》中的毕飞宇是极其谦逊的。他一直在强调自己没有能力去谈大的问题，强调小说阅读的个人化，强调自己有可能存在各种各样的谬误。而这种谦逊，通常也是出于一种自信，他相信自己触碰到了一些真问题，相信这种个人化的经验也具备某种普适性，如他在后记里所言，“‘一千个读者就有一千个哈姆雷特’，这句话好。一千个读者不可能只有一个哈姆雷特。文学从不专制，它自由，开放，充满了弹性。但是我也想强调，亿万个读者同样不可能有亿万个哈姆雷特。文学有它的标准和要求。我渴望我的这本书可以抵达文学的千分之一”。

读完《小说课》，我觉得毕飞宇的愿望可以说已经实现了。这本书里所做出的一系列判断，有关文学，有关阅读和写作，几乎都是对的。这是非常不简单的事情，因为通常我们读类似这样的谈艺著作会比读小说更挑剔一些。埃科嘲讽王尔德笔下很多精妙断言其实是“可置换警句”，即颠倒过来或反着说也似乎成立，比如“只有一流的文体大师才能达到晦涩的境界”，可以反着说成“只有一流的文体大师才能达到清晰的境界”；比如“美揭示一切，因为它什么也不表达”，倘若颠倒成“美什么也不揭示，因为它表达一切”，也没问题，诸如此类，也就是说，王尔德时常乐于展现的，是“修辞上难以克制的乐趣”，而非对于简洁真理的探索。与之相比，同样享有机智有趣声名的毕飞宇在这本书里呈现的，倒是一种非常朴素诚恳的面貌，这种朴素诚恳，可能也来自长久写作实践中积累的自信。

他分析《促织》短短千余字中的波澜曲折，揭示那浑然一气呵成的文本背后种种刻意用心的小说家安排，“你写的时候用心了，小说是天然的，你写的时候浮皮潦草，小说反而会失去它的自然性……写小说一定得有匠心，但别让匠心散发出匠气”。在讨论《水浒传》中林冲雪夜上梁山一节时，他用“语言”来区分纯文学和通俗文学，“没有语言上的修养、训练和天分，哪怕你把‘纯文学作家’这五个字刻在你的脑门上，也是白搭”，而“小说语言第一需要的是准确”，这种准确依赖于写作者对于生活和人心在逻辑与非逻辑两方面的强力认知，这种认知可以让他摆脱自我的束缚，“作家的能力越小，他的权力就越大，反过来，他的能力越强，他的权力就越小”。讲《红楼梦》，提到其中对于多人场面的描写，认为可以和托尔斯泰相媲美：

在小说里头，描写派对永远重要。在我看来，描写派对最好的作家也许要算托尔斯泰，他是写派对的圣手。在《战争与和平》里头，在《安娜·卡列尼娜》里头，如果我们把那些派对都删除了，我们很快就会发现，小说的魅力是失去一半。作为一个写作者，我想说，派对其实很不好写，场面越大的派对越不好写，这里的头绪多、关系多，很容易流于散漫，很容易支离破碎。但是，如果你写好了，小说内部的空间一下子就被拓展了，并使小说趋于饱满。

这些可以说都是内行者言。简单，实用，有效，没有什么花哨的东西，也不存在什么独特新颖的写作秘诀或阅读法门，好的艺术家对此从不讳言或闪躲，因为大凡艺术的要义从来就是知易行难。

而从莫泊桑的《项链》中，他则看到在可模仿可描述的情节佳构背后，那个不可模仿也不被描述的、不同于今天中国社会的法国19世纪社会基础，即契约精神的无处不在，以及每个人对于这种契约精神的忠诚和耐心。同时，他还看到钻石项链在小说中不仅是一个隐喻，不仅意味着一场需要十年才能还清的债务，反过来，它还意味着某种实质性的价值估量，“1884年前后的法国，一条钻石项链可以维持十年的中产阶级生活”，也就是说，在当时的法国，只要不奢侈，维持某种正常美好的中产生活并不难，“最为糟糕的社会是：一方面有大量的贫穷，一方面有大量的奢侈……从这个意义上说，1884年的法国是多么正常”。他看到在项链之“假”的背后那个社会的“真”，从而得出一段非常精彩的结论：

> 当莫泊桑愤怒地、讥讽地、天才的、悲天悯人地用他的假项链来震慑读者灵魂的时候，他在不经意间也给我们提供了一个重要的信息，那就是，他的世道和他的世像，是真的，令人放心，是可以信赖的。

这里面可以看到毕飞宇作为“优秀读者”的敏感，这敏感不单是针对文本，也针对生活和时代。所谓小说的道德，或者说小说能够给予人的实在的道德力量，也在于教人摆脱某种集体观念（包括文学史教育）的驯化，学会思想独立和精神自由。而好的小说给予人的教育，从来也是一种自由教育，即你能读到什么程度，这小说就向你呈现何种程度的美和真。

“审美是每一个人的事。”接下来，在《奈保尔，冰与火》一文中，毕飞宇借助对《米格尔大街》中“布莱克·沃滋沃斯”一篇的分析，把这个意思讲得相当透彻。因为审美是每一个人的事，不是艺术家的专利，所以美和真是平等的，人不仅活在一个个供人识别却无法彼此理解的身份中，也活在对于美的共同感知中。沃滋沃斯，既是一个穷困潦倒的乞丐，也是一个有尊严的诗人，同时又是一个精神富足者，拥有“全西班牙港最好的一棵芒果树”，以及爱和同情的能力。而这一切都不是小说家拽着读者的衣领告诉他们的，而是通过人物具体的言行。毕飞宇准确地捕捉到奈保尔笔下那种行动中的人在美和真之间轻轻游走的微妙平衡感。

小说是一种虚构，但它虚构出来的并非遵循小说家意志的木偶或傀儡，而是有血有肉的生命，这生命会转身向小说家——它的创造者——索取自由和爱，小说家无法为所欲为。“在任何时候，为所欲为都意味着邪恶”，这是《反哺——虚构人物对小说作者的逆向创造》一篇最为动人的表白。写小说，某种意义上的确是一种脏活，它意味着小说家必须面对人类通常不可忍受的真实，必须刺穿一个个自欺欺人的观念的钟型罩，但这不意味着就听凭人物匍匐在一片恶的血泊中，相反，却还要赋予人物更强有力的生命，给他们生存的空间。禅宗有“杀人刀、活人剑”的说法，小说一如兵器，可杀人亦可活人。毕飞宇说，写《玉秀》初稿的时候，他第一次知道作家是可以杀人的，而在重写《玉秀》之后，他说，“我一直保持着小说家的职业自豪，这就比什么都重要”。这种职业自豪，就是作为创造者的自豪。

在分析海明威短篇小说《杀手》的文章中，毕飞宇说：

> 什么叫学习写作？说到底，就是学习阅读。你读明白了，你自然就写出来了……阅读为什么重要？它可以帮助你建立起“好小说”的标准，尤其在你还年轻的时候。从

这个意义上说，好作家不是大学教授培养起来的，是由好的中学语文老师培养起来的。我可以武断地说，每一个好作家背后最起码有一个杰出的中学语文老师。好老师可以呈现这种好，好学生可以领悟这种好。

《小说课》虽然是在大学课堂上的讲稿，但考虑到现在中学语文应试教育的孱弱，将之视为一次面对十八九岁年轻人的有关文学和阅读的补课，应当是颇见效果的，我可以想象这些保存了诸多口语特质和现场感的讲稿最初在课堂上所受到的欢迎。鼹鼠饮河，不过满腹，文学的千分之一，亦足以让人感受文学的欢愉。然而，在我的经验里，一个有抱负的文学写作者，他对于文学的探讨，往往绝不会止于对文学本身的触碰，相反，他总是会尽力越过文学现有的边界，并带给我们某种撼动而不只是满足。比如，E.M. 福斯特的《小说面面观》，亨利·詹姆斯、戴维·洛奇和米兰·昆德拉的同名著作《小说的艺术》，阿特伍德的《与死者协商》，A.S. 拜厄特的《论历史与故事》，卡夫卡的八开本笔记，博尔赫斯、卡尔维诺和翁贝托·埃科的文论，纳博科夫的《文学讲稿》和《俄罗斯文学讲稿》，帕慕克的《天真的和感伤的小说家》……这个小说家文论的名单可以一直罗列下去，在文学领域，理论与实践从来都不是互为水火，而是相互激荡。

我无意用这些大师之作去衡量毕飞宇的《小说课》，这无疑是不公平的。举出这些著作，只是希望表明，在谈论文学这个事情上，进而在教学乃至写作本身，其实一直存在两条道路，向下的和向上的。

孟子说，人之患，在好为人师。因为好为人师即会有自满自足、固步自封的危险，一个人的向上之路可能就此中断。因此，在中国，其实真正好的老师从来都是不得已而为之的，是因为碰到有好的学生要来学，所以只好割舍一点精力，帮助一下，永远都是先有学，才有教。老师和学生这两方，从来不是一个授和受的简单关系，“学然后知不足，教然后知困。知不足，然后能自反；知困，然后能自强”（《礼记 · 学记》），无论学生的自反还是老师的自强，最后都又归诸自身。列奥 · 施特劳斯谈什么是自由教育时也强调，“老师自己是学生且必须是学生”，而有关教学的普遍训诫则是，“总假设你的班上有个沉默的学生，他无论在理智和性情上都远胜于你”。

这也是我之前所提到的那些小说家文论共同的出发点，他们是对着整个过去已有的、最好的文学见解在发言，他们不仅是在触碰文学，也是在拓展文学的边界。以福斯特《小说面面观》为例，它是一部在当时堪称开拓性的著作，但迅速又成为后来作家讨论小说时的一个充满局限、堪可商榷的基础性著作，而非高不可攀的顶峰。但在毕飞宇这里，《小说面面观》却成了“教人如何阅读小说的顶级教材”，这其中差异，大概是因为，《小说课》默认的受众，是被中学语文僵化的阅读理解练习和大学中文系陈腐教材洗过脑的学生，这也构成了毕飞宇讲课自信的基础。他说自己讲解小说的时候，基本围绕的是所谓作家四要素，即性格、智商、直觉和逻辑，他认为，这“也许比‘时代背景’——‘段落大意’——‘中心思想’更接近小说”。这种“更接近”，是毫无疑问的。然而，企图比一种非常糟糕的“非文学”之物更好一点，这种想法，本身就已经是一种向下的写作了，因为永远有不如自己的人，有可以从自己作品中获得启发的人，这种向下的写作或许可以滋养那些不懂文学的人，但却很难令一个身处文学之中的人收获更多。

在毕飞宇的作家四要素中，令人惊讶的是，竟然缺少了“学识”这一要素。性格、智商、直觉和逻辑，这四种要素仔细分析一下，除了逻辑能力可能后天可以习得之外，其余基本都带有某种先天性，也就是说，虽然《小说课》的作者一直在强调“不要刻意神化天赋”，但他依旧还是“艺术天赋”的信奉者。

这种学识与天赋的潜在对立，在我看来，可能是中国当代文学一直以来的症结。我们从来都不缺有天赋的年轻写作者，但大多数人在中年或成名之后都难以为继，而不是像很多西方作家或中国古典作家那样，可以一直向上生长，不断突破自身原有的成就，这多少都和他们在某个时刻遭遇到学识的瓶颈有关。严羽《沧浪诗话》里讲，“诗有别才，非关书也。诗有别趣，非关理也。”而张笃庆议论道：“‘读书破万卷，下笔如有神’；‘贯穿百万众，出入由咫尺’。此得力于后天者，学力也。

非才无以广学，非学无以运才，两者均不可废。有才而无学，是绝代佳人唱《莲花落》也；有学而无才，是长安乞儿着宫锦袍也。”才有尽处而学无止境，永远是这样。昆德拉谈论小说艺术的几部作品（《小说的艺术》、《被背叛的遗嘱》、《帷幕》）堪称博学，但詹姆斯·伍德在《小说机杼》的开头仍对他表示遗憾，“希望他的手指能再多染些文本的油墨”。

毕飞宇近年来发表的小说并不多，《大雨如注》和《虚拟》可能算是较新的两个短篇。《大雨如注》写管道工大姚隐瞒拆迁得来的丰厚家底，刻苦培养女儿姚子涵，希望“贫寒子弟出俊才”，给她请了美国女留学生米歇尔练习口语，最终女儿却在和米歇尔的一次雨中嬉戏后得了脑炎，昏迷醒来后竟然满口英文。《虚拟》写曾经做过中学校长的祖父桃李满天下，但“我父亲”却未曾获益，反倒压抑终生，“我”在祖父临终前与其相处厮守，得知其遗愿竟是希望追悼会花圈总数超过前任校长。这两个小说，都弥漫着强烈的作者意志。我们在《小说课》中目睹毕飞宇是如何一层层揭开小说家隐藏在文字背后的意图和达成小说效果的手段，而读这两个小说仿佛就遭遇到某种高智商的逻辑逆推，我们看到毕飞宇的作者意图和所谓问题意识，是如何一点点倒逼他笔下的人物，使之成为某种象征或典型的存在，某种被作者全然操纵的木偶。在另一个文字场合，毕飞宇曾表示《大雨如注》关心的是“汉语的处境和命运”，也就是在外语强权面前的失语，但它最终的呈现样态，恐怕不是小说式的，而是木偶戏般的。

相较于毕飞宇早年的小说，这两部近作给我的感觉，和《小说课》“向下的写作”之间，是可以相互印证的，它或许也是一个侧面的证明，证明文学的实践和理论之间唇齿相依的关系。

弗兰纳里·奥康纳，一位并非以文论和学识见长的小说家，却被迫做过一次题为《小说的本质和目的》的演讲，我觉得里面的每一句话都是对的，其中她说：

> 我想说没有任何现成的技巧留给写作的人，所有的找寻和运用都是徒劳。如果你去一所提供写作课的高校念书，那些课程不应该教你如何去写，而是应当教你知晓文辞的可能和局限，并且教会你尊重这些可能和局限。一件所有作家都必须终身面对的事情——无论他写了多久，写得有多好——是他永远都在学习如何写作。一旦作家“学会写作”，一旦他知道他将会摸索出一条他早就熟悉的路径，或者更糟糕，他学会制造鬼话连篇的美文，那他的生涯也就此终结。如果是一个好作家，那他的写作源泉永远扎根在他的智识无法穷尽的现实领域，而且现实带给他的惊喜远比他能带给读者的惊喜多得多。

2017年10月

《柒》和《樱桃青衣》

《好奇心日报》约我推荐两本 2017 年看过的最好的小说，我有些惭愧，这一年虽然经眼了很多小说，但真正读过并读完的并不多，所以没有资格评断优劣。有些自己喜爱的小说家今年出了新的中译本，比如格雷厄姆·格林的《喜剧演员》和《名誉领事》，还有翁贝托·埃科的《昨日之岛》，第一时间买回来之后，反倒是舍不得读，希望留给某次心无旁骛的旅行，或某个真正无助无聊的夜晚。好小说是一次有意的犒赏，也是一次意外的安慰，我还记得今年春天某个时刻在异乡的咖啡馆里读到特德·姜《软件体的生命周期》时的情景，那是被一种巨大的温柔与安宁所裹挟，因为知晓有如此强悍的小说家心智存在于这世上，他们负责理解和安慰一切曾经、正在和将要发生的属人的软弱、悲哀和迷惑，也包括我的。

读小说需要时间，小说就是用它在梦幻虚空中所建造的时间去吸纳和吞噬我们具体生命的时间，而我们之所以愿意这样，是出于对小说家的信任，相信他们能够给予我们的，超过我们所付出的。有两位年轻的中国小说家，在2017年都出版了她们新的短篇小说集，在各自的后记中，她们不约而同都提到了时间，还有梦。

> “那么，也可以说这七篇小说里，也全都是我失去的时间。它们对于组成我本人如此重要，几乎和做过的梦一般不可复得。”——文珍《柒·后记》

> “樱桃青衣是听心里的时间说话，蕉叶覆鹿是创造的本质。”——张怡微《樱桃青衣·后记》

她们虽然年轻，却也都写作多年，但在她们的作品中，我既看不到在新锐写作者那里时常张扬的野心，也看不到在成熟作家那里有时无法控制的油滑，她们文字中始终有一种诚挚，这种诚挚会令人紧张，却也教人放下戒备与挑剔。

《柒》的主题是爱与友谊，《樱桃青衣》的主题是生老病死。都是恒久且古老的小说母题。而她们选择这些，是出于各自某个阶段的生命境遇，而非批评家成天念叨的所谓问题意识。某种程度上，她们和当代文学的热闹都保持了相当的距离，既无意讲述“中国故事”，也不愿追摹域外潮流。她们都是既朴素又强力的讲故事者，在每一个短篇中，与其说她们是在讲一个故事，不如说她们是在勾画很多故事的重影，而在这样重影的深处，令人着迷的是她们各自独特的表现方式，和语调。

在文珍的《柒》里，在讲述每一对男女主人公之间故事的同时，她还在不断讲述其他的故事。她知道在生活中没有什么人和事可以独立存在和发生，一个人背后有另一些人，一个故事牵扯出另一些故事，一种情感夹杂另一种情感，它们本就平等存在于生活之中，在小说中也应该同样如此。巨细靡遗又纵横捭阖，绵延又斩截，这是文珍的笔力所在，也是她的热烈。她就像一个徒手划船的人，在她所奋力击打出的浪花中，我们看到那人、舟以及流水青山，渐渐弥漫成一体，并将岸上的我们也裹挟其中，“我们的大船在上升”。

而在张怡微的《樱桃青衣》里，每个故事都没有讲完，从中途进入又从中途溜走，每句说出来的言语背后都有另一些沉默的言语。如果同样拿行船做比方，那么张怡微就是那个把手从舟中静静伸进流水里面的人，“其生若浮兮其死若休”，而她自己仿佛也从小舟上分身，和我们一起淡然并立于岸边观看，看能瞒和可容的人间，看“青山多障碍、水中多变幻，怎样……”

这是两种完全不同的小说书写，却都是非常动人的。在她们的小说中，没有什么符号化和标签化的戏剧性人物，只有一个个具体的、深藏心事的人，他们在我们周围，我们听见他们在说话，或在心里说话，他们就是我们自身。所以，我想对

《好奇心日报》的年轻读者推荐这两本小说：

文珍的《柒》，张怡微的《樱桃青衣》。

2017年12月

辑 2
作为复数的生活

赵无极的心事

继朱德群之后，另一位著名的华裔抽象画大师赵无极，明年也要来上海美术馆举办个人展览了。在晚报上看到这个消息，旋即想起一本旧书——《赵无极自传》。

其实知道赵无极的名字还是因为熊秉明。曾听一个老师讲解过一首名叫《防风林》的诗，而把一首简简单单的诗剖析得近于华丽的，之前还未曾见过，当下佩服之至。后来慢慢知道，这华丽的论述原来出自另一个人，那就是熊秉明。

于是便记住了这个名字。找来他的文集看，才知道，诗评不过是他的副业而已，这位当年与王道乾一起考取旅法公费留学的才子，于雕塑、书法、绘画、诗歌都颇有建树，显然是那个专门化时代到来之前中国文人的标准模板。而熊秉明尤善铁雕，精研抽象画，并与先后被法兰西艺术学院接纳为院士的朱德群与赵无极二先生，被合称为“巴黎三剑侠”，代表着华人在西方艺术之都所能获得的最高成就。

然而，一直却也没有机会目睹赵无极的真迹，只是有一天，在书店里看到了这本《赵无极自传》，便聊以止渴般地买了回去。翻看书后面的版权页，才发现与那套《熊秉明文集》都为一人所策划，亦知文化传播这样的工作虽千头万绪，其中却自有条理。

赵无极是林风眠的高足，后者是中国早期求学西方的知识分子的代表，他们于上个世纪 20 年代早期纷纷远赴欧美，学业完成后便相继回国，随后与祖国一起历尽种种劫难，却都九死而不悔。与他们相比，赵无极这代要幸运许多。熊秉明 1947 年赴法，赵无极是 1948 年，学业尚未完成，祖国已经发生了大变动，于是一直滞留于海外，漂泊之余却也免了种种无谓的风浪。但也有不顾一切回来的，如王道乾。正如我们无法批评赵无极们沉浸在个人的艺术世界里，我们也无法指责王道乾们的一腔赤诚。但每每翻看王道乾先生早期的诗文，想着这样一个才华出众的人，日后只能在翻译文字中寻得慰藉——这虽是我们后辈之福——总觉这于道乾先生个人，应是有所不甘。

赵无极 1948 年 2 月于上海黄浦江码头登船赴法，全家人都到码头送行。“全家人都是西式打扮，男士穿大衣、戴礼帽，女士则梳着洛琳·白考儿式的发型，穿平底鞋，戴皮手套。”很多年后，赵无极依旧可以清晰地回忆起当年的情景，这一页的背面便是当时留下的合影照片，它让我想起《半生缘》里世钧的装扮。中国古语有“三代出贵族”的话，而现代中国的风云变幻，根本容不得这么从容优裕的等待。于是，一个刚刚成长起来的精英阶层在轰毁之前，就要为它被送往异国的子弟行最后的注目礼，那目光里，都有些什么？

《赵无极自传》从1985年的回国讲学开篇。画家一边感受着中国久已遗忘的拥挤，一边想起父亲。“我的父亲于一九六八年去世，正值文化大革命的高峰时期。”画家很多次想揭露中国变化过程中的不公，旋即又放弃，“因为无论如何，毛泽东使中国人找回了在经济灾难和外国侵略中所失去的尊严”，因为“这也曾是父亲的立场，我要忠实于他，尽管这是有代价的”。就在这样平实厚重的文字里，赵无极开始他的回忆。

我一直感到遗憾的是自己对于音乐和绘画的外行，并常为此耿耿于怀。而或许正因为此，反倒更喜欢关注它们，如同一个逡巡在高墙外的小孩，虽不得其门而入，却喜欢扔点石子进去，即便是听听动静也好。与赵无极后期博得大名的抽象油画相比，我倒更喜欢他早期的那八幅石版画，那里面有一种世界刚刚开始的拙朴与新鲜，就好像熊秉明用毛笔写在书册上的小诗，弯弯扭扭，深浅不一，却让人欢喜。

此外，这本书里还附了很多照片，让我们得以幸运地看到，一个生涩的青年是如何慢慢长成一位气度非凡的白发老人，这其中，有一丝“对照记”的味道。

2006年7月

《书海泛舟记》编后

认识范福潮先生，还是去年早春的事。那时我还在一家国营出版社任职，从朋友那听闻范先生的名字，随后便在网上陆续拜读了他的“书海泛舟记”系列文字。这些被誉为《南方周末》当年最雅致的文字，在报纸本身的短暂生命消散之后，却或是零星转载，或被精心收集，仍在无数的论坛、博客上流传着。然而，范先生本人，对我来讲却仍像一个谜，在这个唯患“人不己知”的浮躁时代，他却仿佛兀自要接近那些习惯将个人深深隐匿于作品背后的古典作者，这令作为读者的我暗自赞叹，但却令作为图书编辑的我，沮丧不已。

无奈之际，幸蒙《南方周末》的刘小磊兄热心襄助，我这才有机会给范先生发去了第一封约稿电邮，希望可以有幸出版此书稿。很快便得到范先生的回复，告诉我说此书稿当时已花落别家。我大呼遗憾之余，却和范先生从此认识了。

之后，我个人的工作和这本书稿的命运，都在各自的轨道上起伏不定。而有一天它们居然再次契合到一处，仿佛是冥冥中的缘分。

《书海泛舟记》系列七十篇，作文始末，作者后记论之甚详，大抵于侍奉老母安度晚年之余，忆平生所学，思已逝老父，几十年前随父读书的片段历历在目，随手成篇，联缀在一起，是一段读书治学的经验笔记，更是一幅乱世学人的生命图景。

而借着这些充满个人生命体验的文字，未经过那个纷纭乱世的人大略可以修正一下对那个时代的偏见。原来，斯文并非丧于秦火，反倒是丧于日后的弦歌。“反智”与“革命”，或许只是那个动乱年代的表象，似乎是因为“去古未远”，所以礼虽失，却尚能求诸野，物质匮乏，却旋即成就一个精神至上的时代。我想，令所有当下的读者心潮起伏之关键，也正在此。作者于饱承家学、书海泛舟之际，大凡所遇，居然可以既不是书生，又并非教授，只是一些渔樵耕猎、凡夫俗子，然而，他们对学问世界居然都能有尊重，有识见，亦能有滋养。

于是，范先生的书海泛舟，其心思便与惯常的书话或者读书随笔相去甚远，倘要比附，我以为，可以“相视而笑，莫逆于心”的，是钱锺书所谓“荒江野老屋中二三素心人的商量培养”，亦是胡兰成所谓的“渔樵闲话是史思”。

略感遗憾的是，在这本书稿最终出版之际，我却已暂时作别图书编辑这个行当。范先生来信嘱我这个前图书编辑写一编后记，这真让我感慨万千，却又无从着落。在我多少算是失败的图书编辑职业生涯的末梢，能以这么一本好书作为收束，当是多么幸运且自得的事情。而无论书海、人海，还是世间海，处处都一定有可以安然度过的舟楫。

2007年7月7日

见之于纸牍

在这个历史写作几乎成为全民写作，各种正说、细说或戏说充斥坊间的当下，范福潮先生的这本历史读物，却注定是一本寂寞的书。

这不是因为《清末民初人物丛谈》谈论的历史太冷门，晚清史乃至辛亥革命前后的近代史，可以说是这几十年来的显学，当代中国几乎所有问题的症结，似乎都可以在那里找到源头；也不是因为他讲述的内容太陈腐，且不论其中对诸如王照、焦达峰以及光复会的精彩挖掘，即便如孙中山、蒋介石这样的熟面孔，这本书里披露的故事，至少对我而言，也是先前完全不知道的。我说的寂寞，更多地是指向这本书的写作风格。

1928年，陈寅恪曾对弟子陈守实讲过一段话，成为后来治史者时常引用的名言："整理史料，随人观玩，史之能事已毕；文章之或今或古，或马或班，皆不必计也。"联想起傅斯年提出并流行于民初的"史学即史料学"的观点，我们不能孤立地评判他们这种治史方法的对与错，而要看到，当外族入关的清王朝出于恐惧而对历史真相层层抹杀和伪造，当来自西方的以论带史和疑史的研究风气蔚为大观，当这两方面结合在一起，历史竟已成了一个任人打扮的小姑娘，因此，在民初一代诸如陈寅恪和傅斯年这样的历史研究者看来，有多少独特观点，或者文章好看与否，眼下都是次要的，最重要的在于能够准确地接近真实，而最真实的历史，存在于准确的史料本身。

因此，他们的文章，往往不避冗沓，不求剪裁，少疏通推论，多直引大段材料，这样的文章，一定不会好看，但在认真的读者看来，却更有力量。而本书作者心仪的，似乎也正是此类历史写作。“史是真，治史即为求真。”“民国无信史，辛亥以来，事无巨细，人无贵贱，记言叙事，党见甚深，几无公正可言，稍有新意，即便不陷文字狱，也难免招惹是非，足令史家思而却步。”这两段本书序言中的话，几可视为作者的文心所在。在书中“辛亥革命时期的蒋介石”一节，作者亦开章明义地指出：“对史家来说，人物事迹的真实性价值高于对其行为的道德判断。‘文革’前编纂的关于辛亥革命的史书，对‘反动’、‘反面’人物，凡是引用1949年之前的旧文，极尽删削；而亲历者在1949年之后发表的回忆录，亦讳莫如深，以致某些特殊人物在辛亥革命中的事迹在史书中被蒸发了，蒋介石就是一例。”

关于为什么要写《春秋》，孔子的回答是：“见之空言，不如行事博深切明。”然而，当“行事”也可以眼睁睁地被大量蒸发或删改，它本身具有的博深切明，自然就要打上一个大大的问号了。然而历史已经消失，剩下的永远只是关于历史的记录，因此，在这样的背景下，严肃的历史写作者，在“见之于行事”之外，只好“见之于纸牍”了。这本书选择引用的大量材料，全都来自近五十年来国内外的公开出版物，倘若本书的读者有心，那么这本书会是一个很好的窗口，从这里我们可以眺望到一段相对准确和真实的近代历史。

2009 年 8 月

满脸的油烟和泪痕

《持灯的使者》是由《今天》杂志同仁的怀旧专栏和回顾口述组成，可以说是一本回忆散文集，但一本散文集的腰封上赫然罗列着近十位文学史教授与批评家的联合推荐，却似乎在昭示着这本书背后的文学史意义，编者刘禾更是在序里面借此提出一种新的文学史写作方式，即“散漫的、重视细节的、质感较强的文学史写作……不以歌功颂德为己任，不以树立经典为目标，而是抱着诚实的、怀疑的态度去审视过去”。这些，诚然为这本书增添许多重量，然而，一旦把这些回忆的内容视作史料，把这种回忆的形式当成叙述历史的学术新方式，我们又要小心新的危险。

最近这些年，一方面，诸如查建英的《八十年代访谈录》、李陀等主编的《七十年代》之类的当事人回忆层出不穷；另一方面，这种由回忆和访谈所构建的“新史料”也引发了强烈质疑，被一些学者认为其中有通过“文学想象”增扩某些“历史事实”，尽力凸显自身历史“当事人”和“启蒙者”身份的嫌疑。

钱锺书有一段名言：“你要知道一个人的自己，你得看他为别人做的传；你要知道别人，你倒该看看他为自己做的传。自传就是别传。”一个人的真相尚且如此诡谲，一段文学史同样如此，并非个人秉持着诚实和怀疑就可以掌控的。

我们不妨换个角度来看这本书。作为中国当代最著名的民间文学刊物，《今天》杂志只存在过两年，共出过九期杂志，以这么短的生命却成就如今的声名，是一本杂志的幸运，却也是一段文学史的无奈。今年是五四运动九十周年，若回望九十年前的中国，那绝不是一本《新青年》的天下。薪尽火传，彼伏此起，大抵是五四时期文学杂志整体境况的概括，也是那个时代的生气所在。从这个意义上来看《持灯的使者》，会另有一种复杂的感受。

我们会从书中看到，围绕着《今天》杂志，二十年来一直存在着两种人，一种是永远的发言人，一直在写作、述说、回顾、表达，如芒克、多多；另一种是永远的幕后者，起先他们在付出和承担，而后是沉默与荒芜，如赵一凡、周郿英……读完本书的人，一定会对后一种人留下更深的印象，并被深深打动。这两种人无论日后命运有多少差别，却一直有一个共同的特征：自从他们遭遇《今天》那一刻起，这二十年来，无论远近，他们都一直生活在《今天》的笼罩之下。你可以说，这是怎样的一种强韧的情感啊，一群人与一本杂志；但你也可以说，这是一种多么狭隘和令人叹息的情感，一群人与一本杂志。

在本书的第一篇，齐简的《诗的往事》一文里，她提到初次阅读郭路生的诗歌时的情景："记得那晚停电，屋里又没有蜡烛，情急中把煤油炉的罩子取下来，点着油捻权当火把。第二天天亮一照镜子，满脸的油烟和泪痕。"我想这段话一定也深深震撼了编者刘禾，她将本书取名"持灯的使者"，多少也与齐简回忆里的这番情景有关。然而，谈及这个持灯的意象，不由不让人想到周作人在上世纪30年代初引自英国思想家蔼理斯的那段动人的话："在道德的世界上，我们自己是那光明使者，那宇宙的历程即实现在我们身上。在一个短时间内，如我们愿意，我们可以用了光明去照我们路程的周围的黑暗。正如在古代火把竞走——这在路克勒丢思看来似是一切生活的象征——里一样，我们手持火把，沿着道路奔向前去。不久就要有人从后面来，追上我们。我们所有的技巧便在怎样的将那光明固定的炬火递在他的手内，那时我们自己就隐没到黑暗里去。"

手持火把的人，不仅为了照自己路程的黑暗，更重要的是要将火把传递下去，自己甘心隐没在黑暗里。反观诸位《今天》杂志的"持灯的使者"，他们也手持灯火，但首先是为了能感受到光明，他们一直是努力奔向光明的孩子，时代却要他们充当光明使者的重任，最终，只能留下"满脸的油烟和泪痕"。

因此，抛开文学史的纠葛，这依旧是一本动人的回忆录，但在“满脸的油烟和泪痕”之外，这本书里令我最心仪的，却是那些游离在《今天》的灯火之外的人。阿城、郭路生、叶三午（叶圣陶的孙子），他们汇集在阿城的一篇文章里，元气淋漓，是真正活在今天的人。

2009年10月

纸上的牛虻

《纸上的声音》这本书，是林贤治先生最近的自选文集，里面的文章大致可分为三类，谈西方现代知识分子，如卢森堡、阿伦特、奥威尔、索尔仁尼琴、马内阿等；谈现代中国知识分子，如鲁迅、萧红等；以及一些具体编书工作如《人文中国》、《烙印》、《满天星文丛》等的记录。这三类文章，前两类是文字，后一类是事功（虽然这事功亦是体现成文字），大抵可以涵盖作者多年来努力的范围，即对知识分子反抗性精神和否定性思维的坚持。

在这样一个以和谐、发展为唯一理想的时代，这样对反抗和否定的坚持多少会让自己变成一个不合时宜的偏执者，而我相信林先生自己并不会以此为忤，因为唯有偏执能令人兴起，并点燃青年的热血，当然随之而来的还有与同时代人的激烈分歧。

偏执并非来自无知，而只是对某一种理想的执着，以及由此引发的道德义愤。偏执往往来自遥远的过去，精神渴望着还乡；也时常可能影响遥远的未来，如执拗的火种深藏大地。

林先生渴望的精神故乡，是他心中的五四。在本书的序言里，他说，“对五四——无论是作为一个时段，一次运动，一种思潮——的理想性、批判性和反抗性的否弃，实质上是对知识分子角色的背叛。什么是知识分子？五四一代以英雄主义的群体行动，对这个拿来的概念首次作出本土性的阐释。简而言之，其一，对权势社会保持相对的精神自由及独立身份；其二就是社会实践性。”

林先生看到五四一代最激动人心的一面，并在几乎一个世纪之后，仍然接过五四一代的视角，去否定古代中国，去迎接现代西方，最终目的是为了抗击当下的精神妥协与颓废。

这样的目的无可厚非。然而，这样的目的实质上产生于受强烈道德意图支配的简要而不系统的观察，而非对传统与西方深入透彻的反思和理解，就不免又造成五四一代当时就已经意识到的弊端，即在泼脏水的同时，连孩子也一起倒掉了。于是，在那篇长长的《〈中国作家的精神还乡史〉导言》里，在谈到中国文学精神时，他给予古典中国的篇幅，几乎就是否定性的一瞥，如五四一代那般地激烈而不留余地。问题在于，五四一代看到的那个古典中国当然可以否弃，但实际上还存在一个五四一代没有看到的古典中国，而即便是号召青年人不读线装书的鲁迅，那个林先生一直尊崇为反抗精神典范的鲁迅，支持其一往无前的，难道不正是他在那些默默抄古碑的日子里，从古典中国找到的禹、墨、侠三种传统？

同样，对于现代西方，林先生为诸多知识分子的激烈反叛而激动，但却没有进一步分辨，无论是写下《论革命》的阿伦特，还是写了《论小丑》的马内阿，他们所真正反叛的，是当下体制和流行文化，而非传统。

所以，我对于林先生的文字一直心存犹豫，一方面我欣赏他不随波逐流的胆略，但另一方面，倘若要真的截断众流，壁立千仞，那伸向大地的肯定性的根，一定要很深很深才行。否则，就只好成为一只纸上的牛虻，在令时代难受的同时，并不能阻挡时代狂奔乱突的势头。林先生大概自己也意识到这样的困窘，他慨叹“知识分子无法在国家组织与各种社会势力中进行实际的联系和有效的沟通”，然而这样的慨叹，暴露的其实是林先生自己的问题，而不是知识分子这个名词的问题。

2010 年 7 月

上升之路和下降之路

《活着的理由》是钱理群先生最近的一本“退思录”，这样的退思录，钱先生在 2002 年 8 月从北大正式退休后，陆续已出过两本，而在本书后记里他便坦言，书中收录的这些文字大都不在个人写作计划之内，它们或是奉命为他人著作写的序和书评，或是诸多会议上的应邀发言，然而，“这些文字最后都化为我用，成为自己思想和生命轨迹的记录了”。

将诸多文债化为己用，不因为一些身不由己的写作就此消耗自己，反倒是顺水推舟地滋养自己，对一个写作者而言，这是非常有兴味且又难得的事，而对钱先生而言，则是很自然的事，因为他诚实。

我曾经当过教授，/现在饭碗已经打破。/从前我能上台讲课，/现在我可能干点什么？

现在我可以写诗和思考，/完全自由自在。/没有人可以束缚我，/直到遥远的将来。

这是霍夫曼斯塔尔的诗，《一个被解职教授的自遣之歌》，当年钱先生离开北大的时候，一位年轻朋友在电话里把这首诗朗读给他听，宛若预言，当钱先生慢慢淡出光芒四射的文学讲台之后，另一个自由自在思考和写作的钱先生，开始沉潜到这片他热爱的土地中，从贵州到南京，从中学到乡村，仍旧以文学的方式，“追寻生存之根”，也追寻着“一方心灵的净土”。

然而，“我们活在这样的地方，我们活在这样的时代”，讲了大半辈子鲁迅的钱先生，这些年对这句话一定有切肤的感慨。在处处碰壁的铁屋子里，在根基崩毁、净土无有的时空，思考是一件无用且自我折磨的事，而如何活着，如何活下去，对于热爱文学的人，随即成为一件迫切需要理由的事。

在用作书名的那篇谈和凤鸣的文章里，作者引述鲁迅《孤独者》里的思考，论及现代中国知识分子“活着的理由”大概有三个层面，一是“为自己活着”，有尊严有理想的活着；二是“为爱我者活着”；但倘若爱我者也不需要我活着的时候，那么，还有最后一个理由，即“为敌人活着”。像人一样活着，大声地说最想说的话，让那些敌人感到不舒服，这本身就是一种反抗，虽未必激烈，却最为切身和行之有效。我相信，这也是年逾七旬的钱先生最顽强的抉择。

这本书分成三辑，“活着的问题”，“教育问题”和“学术问题”。对于一个以启蒙为己任的老理想主义者，活着的问题和教育问题，其实是一体两面，这两辑中所涉及的内容，均是钱先生近年来最为投入的领域，即中学教育和乡村教育。对于这个民族的孩子，未来的栋梁，作者不再乐观。在一篇为南师附中语文老师王栋生的系列教育随笔所写的读后感中，他援引王栋生写给学生的一封信《我不喜欢你的世故》：“我厌恶的是你身上没有学生气。……你总是能迎合宣传需要，起草决心书，在年级、在全校发倡议，你成了社会活动家……你这么小年纪就知道要当两面派，知道要左右逢源，知道要察言观色，知道要巧干，一个十八岁的人，竟比他的老师世故，这才是可怕的。”这样凌厉的批评出自一位特级教师之口，是令人震撼的，而钱先生对此深有同感，因为他在北大正是不断地遭遇到这些从重点中学脱颖而出的“没有学生气”的尖子生。“这是一个教育输送流程：中学（特别是所谓重点中学）培养出这样的利己主义尖子，输入北大这样的重点大学，经过深加工，变得更加绝对，也更加精致，最后再输送到国家，成为接班人。而这样的绝对的、精致的利己主义者接了班，成为国家政治、经济、文化、学术事业的主导力量，那我们国家、民族的未来将会向什么方向发展呢？”这是钱先生和王栋生们的责问，而他们的责问并不能阻挡这个时代的疯狂，因为，也许这样利己主义者的接班，正顺应着大国崛起的潮流呢，他们的心里，充满了恐惧和忧伤。

钱先生又谈及乡村。那个在十年内乱中都还能对读书人予以保护、具有顽强日常伦理的安顺边远小城，它一切的美和善，竟然在90年代之后被釜底抽薪般地迅速毁灭。乡村被城市绞杀，为了生存反过来又凶狠地施展报复，在这样残酷的动物世界里，所谓乡村文化的重建，恐怕只能是一种知其不可为而为之的自我选择罢了。

在"学术问题"一辑中，有一篇长文《构建"能承担实际历史重负的强韧历史观"》，是作者在丸山升《鲁迅·革命·历史》一书出版座谈会上的发言，里面曾引用丸山升的一句话，"现在我主要的关心点，与其说是已经成形的作品，毋宁说更倾向于创作出这些作品的作家的内心世界"，这句话，也可以借以描述我对钱先生这本书的观感。正如钱先生自己在另一处属己的文字中谈到的，他诸多发表的作品都是遗憾的产物，是被强行"抽去几根骨头"后的劫余，因此，就我们能够见到的这些文字来评论钱先生的思想与学问，注定是轻浮的。

在这样的地方，在这样的时代，鲁迅曾选择了文学的方式以言说自己，而钱先生这一代学者，则选择了文学的方式以言说鲁迅，也许我们这一代人还要以相同的方式来言说他们。也许，文学会是这个时空里唯一的路，上升之路和下降之路。

2010年12月

黑暗怎能焊住灵魂的银河

完成一部回忆录，如同写一首诗，其实并非文人的专利，而是大多数人生命某个阶段自然而然的冲动。然而，少年人写的诗未必能称得上是文学，成年人完成的回忆录，也未必就算作历史。它们最本真的价值，只对书写者个人开放，只关乎他提笔那一刻的激情、欢乐、忧伤甚至逃避，而最终，它们都要经历时间之河严厉的淘洗，那些经受住考验，真正进入时间的，我们才能称之为文学，称之为历史。

当四十岁的赫尔岑在流亡伦敦的日子里着手追忆俄罗斯的早年岁月，他意外找到了自己年轻时写过的几大本回忆录，然而，在最初的惊喜过后，他发现，这些看似珍贵的记录，其实是幼稚无用的，此时此刻，为了他自己的过去和未来，他必须重新回忆。《往事与随想》在中国影响很大，但可惜很多人只是当作历史书在看，并且荒诞地以为，可以用同样的个人记忆的方式来书写历史、记录历史，甚至，可以采用更高级的所谓集体合作的形式，来完成某种历史记忆。

吴亮的《我的罗陀斯》是一本关于上世纪70年代的回忆录，但与之前诸多回忆70年代的书籍相比，它无意成为知识分子的史料，更无意承担所谓70年代的历史记忆或集体记忆。谁之历史？何种记忆？那些自以为在记录和书写历史的集体必将遭遇类似的责问，幸运的是，《我的罗陀斯》不在其中，自始至终，它力图展现的都是绝对的个人。“我们是一代人，我们有共同经验，是吗？是，对，是的，但不完全是这样！一定还有其他，属于性格、心灵、家庭、历史、遭遇、变故，以及那些看不见的力量、背后的隐秘、内在苦恼、微小差异与重大分歧，使我们踏上迥然有别的成年之途……”作者在书中如是说，这也可视作这本回忆录的出发点，从这里出发，我们得以看到一个上海少年的长成，从十五岁到二十五岁，在一个只有光辉理想没有现实希望的年代里慢慢积聚自我，如同果实在黑暗中静静地成形。

作者的父亲是托洛茨基分子，在那个时代自然也属于“家庭出身”不好的阵营。作者少年时就耳闻目睹发生在周围的审查、抄家、批斗乃至自杀和失踪，那一个个具体生命的悲剧，作者在书中都有或详或略的描述，他不愿意遗忘，然而，他更不愿意将之简单地归咎于什么时代错误和历史意志，“历史没有意志，历史是人的历史，惟有人，惟有那些手握巨大无比权柄的人，他们才拥有那个意志，进而宣布他们的意志就是历史的意志”。因此，和那些充斥士林的回忆录相比，这本书里没有煽情的伤痕暴露，没有无情的揭批隐私，更没有矫情的宽容谅解，有的只是深情的私人回忆和思考。重要的不是时代如何历史如何，太阳底下无新事，所有已经发生过的必将再次发生，重要的是，每个只拥有短暂生命的个体，在这个具体的时空中该怎么尽力地向上，成为一个优秀的人。

彼时彼刻，作者找到的道路是阅读。这本书最初在《书城》连载时，题目就叫作《阅读前史与书的轮回》，每一章都是由一些书作为引子，对书的回忆，就是对书里书外那些优秀灵魂的回忆，令作者着迷的并非书中的知识，而是与那些优秀灵魂相遇时的体验，一个绚丽生长的精神世界，将卑琐不堪的现实转瞬化作个人的注脚。于是，我们再度看见了那些秘密之书，披着“内部参考”、“被批判”乃至马列经典的外衣，作为暴力专政世界的对立面，是如何顽强地在作者那一代年轻人中间传播。为了高举马列主义，必须出版大量作为马克思主义来源的黑格尔、谢林、圣西门以及亚当·斯密；为了批判修正主义，必须开放考茨基、伯恩斯坦的部分著作；为了反苏，必须编译大批西方政要的回忆录……这是历史的诡异，也是现实的缝隙，没有哪一个时代会真的如历史教科书里陈述的那般铁板一块，也没有哪一段现实，能真的完美无缺。一个优秀的人，永远不会抱怨时代和现实，但更不会以时代和现实的种种不好作为防卫和逃避的盾牌，而是会永远努力，就在此时此地的现实中找到向上的缝隙。从《我的罗陀斯》中我们可以看到，和无数抱怨自己大好青春和才华被“文革”耽误和荒废的人不同，作者日后作为批评家的敏锐感觉和独立判断，恰恰就形成于那个貌似精神匮乏一无是处的时代：“我个人阅读某书的时间、同所得之书的本意、效用，以及当时置身其中的现实，往往是错开的；而一本在它的诞生地及在它的语境里早已过时的书，却会在万里之外另一个特殊的环境发生某种几乎难以想象的影响，这影响之巨大，完全可以用醍醐灌顶、振聋发聩来形容——比如考茨基关于基督教与社会主义关系之论述，胡克对历史决定论与个人意志之论述，德热拉斯对新官僚阶级之论述……要知道，那是在人人读张春桥姚文元读两报一刊的时代啊，真不敢相信。”

当然，还有另一种书，关乎私人生活的丰饶。作者在回忆那段岁月时有这样的感慨：“幸好我虚度了，那个年代根本就不值得认真对待！虚度它，才能保全自己，保全内心免遭毒化，免遭大面积污染。”这是在隔了数十年后对诸如保尔·柯察金之类偶像的强有力的反讽。所谓“不为虚度年华而悔恨”的名言，曾席卷了几代人的青春岁月，然而，究竟何谓虚度？是否存在某种凌驾于一切个人之上的国家标准，不符合便是虚度？在70年代，没有当成红卫兵或许就是虚度；80年代，没学好数理化或许就是虚度；而到了新世纪，或许没打过电玩没看过动漫没有早恋没用过微博就是虚度。时代的浪潮一波接一波，最后，真正虚度的，会不会恰恰是那些时刻恐惧于虚度年华的人？至少，在一个热爱阅读经典的人这里，其实从来都没有所谓的虚度，因为他的精神关注于永恒的人类之爱，因而是自足的，持久的。屠格涅夫、巴尔扎克、福尔摩斯、《茶花女》、《娜娜》、《红与黑》与《安娜·卡列尼娜》……“那些惊心动魄的欲望、激情、疯狂，以及温婉缠绵的爱、迷恋和单相思啊，我只是从书本上经历了你们，我从你们这里之所获，比道听途说更深入，也许比亲身经验更彻骨。”

因此，这本以阅读为纲目的回忆录，又并非一本士大夫的读书笔记，我们从中看到的，只是一个在漫长的青春期一直浸淫于阅读中的人，如何被他热爱的经典所滋养，扩充，如何置身于那些叛逆之书、过时之书、被凌辱和淡忘之书的怀抱，尽力地思索，热诚地张望，在一个集体狂欢的时代暗自品尝一种人之为人的卓越天性，终于有一天，他慢慢成为现在的样子。

瑞典诗人特朗斯特罗姆曾写过一首《果戈理》：“看外边，黑暗怎样焊住灵魂的银河”，那种 19 世纪俄罗斯作家所遭遇的窒息感扑面而来。在《我的罗陀斯》的作者这里，面对回忆和精神世界的脆弱和持久，也不止一次地用到星空的隐喻。他说：“我们看到那些来自宇宙深处的星空闪烁，那些依然投射在我们虹膜之上的光影，已是多少万年之前发出的光芒，那些遥远的星系说不定早已死亡，但我们在此刻看见，如此真切地看见，难道仅仅是一种不在之在的虚幻错觉，而非真实本身？一如我们的回忆，回忆是面向死亡的星系行注目礼，回忆录则是投射在我们虹膜之上的历史光影，对此我深信不疑。”

那些亿万年前发出的光芒，零零碎碎，隐隐约约，弱小无依，却终将穿越漆黑无边的太空呼啸而来，此时此刻，他正努力和小心地，聚拢它们。

2011 年 11 月

冰斧般的记忆

我不大喜欢阅读那些兜售时代记忆和掌故逸闻的书，因为大凡一个人阅读此类书籍，总是怀着某种天真的意愿，以为从中可以窥测到那些被叙述的人物或时代的生活真相，然而尤瑟纳尔说，“根据别人对我们叙述的一件小事来了解一个人的生活是非常不可靠的”；回忆是带有想象性的而叙述是带有选择性的，卡夫卡以某种极端的方式宣称，我们不需要浪费时间在不能给我们当头棒喝的书籍上，而应该阅读像冰斧一般、能击碎我们脑袋里与精神上的食古不化的作品。如果说我们确实有阅读回忆性作品的欲望，想想我们为什么阅读普鲁斯特赫尔岑或者夏多布里昂，那么，这种回忆也应当如同冰斧一般，有力量击碎那已经停滞不动的坚硬的过去，从而让河流重新开始流动，让冻土开裂，让未来的人们尝试进入某种崭新的生活。

吴亮《夭折的记忆》是两部未完成的回忆断章的合集，80年代琐记和90年代小记事，自始至终，作为一个热爱平庸生活和憎恶平庸写作的人，他强调个人记忆的琐细和微薄，强调回忆和生活相类似的“一次”性，强调“对过去所有生活的回忆是如何在写作的一刻，非常偶然地联系在一起”，但恰恰是这样的细薄和偶然，构成了他冰斧的锋刃，切开了那即将在怀旧和感伤中凝固成理想主义果冻的80年代，也刮掉了那被文化批判者涂抹在90年代身上的消费主义胭脂。

他写90年代时常光顾的李山的画室，有狂野的生气，恰似80年代文学青年们的斗室，“大搪瓷杯里的啤酒，脏兮兮的顶棚玻璃窗，发黄的布幔，坐坏了的沙滩椅，墙根角落凌乱的旧画框，尘埃在阳光下飞舞，满地颜料斑点……最美妙的当然就是李山那些倚墙而立的‘胭脂系列’了，我无法用文字描述它们，甚至照片也难以重现它们：蓝色的巨大背景，黑色的政治偶像或男人裸体，粉红艳丽的荷花铺天盖地……它们无声无息，像积蓄了可怕力量的蛹，它们要么死于巢中，要么终于有一天展翅飞翔”。

也从来没有人如此描述过80年代末文学界昏天黑地的牌局，与他热爱的那些俄罗斯的坚硬而善感的魂灵一样，他懂得如何把风暴聚集在一个茶杯之中，“还有一次 / 那是一九八九年深秋 / 去愚园路茹志鹃家里打麻将 / 我的上家钱谷融下家是王西彦 / 茹志鹃坐在我的对面一手摸牌一手持烟 / 我略感拘谨 / 牌桌上没有什么话题 / 注下得非常小每把不到一块钱 / 而且王安忆和王西彦太太还在旁边观看 / 王啸平在亭子间读书 / 时不时走过来问：谁和啦？/大家把输的钱集中在一只小篮子里/茹志鹃说你们下个礼拜来玩我们用这钱吃饭/后来天暗了/沉闷的牌局终于结束/王西彦夫妇穿上大衣钱谷融围好围巾/我们鱼贯而出/在愚谷村弄堂口/钱谷融突然停下脚步问我/有李劼消息吗/我摇摇头”。

一个文学的时代结束了，一个艺术的时代开始了，一个沉重的时代结束了，一个轻盈的时代开始了……然而，号称结束的从未真正结束，而宣布开始的其实早已开始，因为有回忆的冰斧，一次次砍在两个时代最敏感的接口处，砍出残缺不全的锋利碎片，让条理分明的历史重新归于混沌，并教很多人的生命疼痛，像是要重新越过刀锋。

2012 年 8 月

书店的侍者

在实体书店纷纷唱衰，爱书人频频致哀的当下，马国兴先生的《我曾经侍弄过一家书店》，无疑是一剂清醒剂，可以惊醒很多人对于书店的迷梦，原来书店不是某种抽象的人文理想，更不是可以随意扶持的假花，原来每个书店都是一个小小的生命体，它的存活兴旺，和自然环境有关，也和外界的供养有关，但最终，它依赖的，是那些把自己向上的生命渴求注入其中的人，具体来讲，就是那些书店中的店员。

我去过许多家书店，见到的书店店员无非两种，一种是超市型的，漠然地站在书架旁或坐在柜台后，只负责从货品到资本之间的传递；另一种是居家型的，安安静静地在角落里读书上网，却让每个推门而进的人都有一种闯到别人家里的不安。而读了马先生的书，却让我知道书店这一行也曾一直存在着另一种店员，那就是侍者型的，他能像熟悉自己家人一样熟悉店中的每一本书，并对那些店中尚且没有的新近好书有所耳闻；

他同样能像熟悉自己家人一样熟悉那些常客们的喜好，并且对那些初次登门寻书的读者提供敏锐的帮助；他侍候书籍，犹如酒保调弄名酒；也侍候读者，像丽兹酒店里的优雅侍者。

那时我负责夜间看店，下了班关上门，这儿变成了我一个人的书店。我从书架上抱下一大堆的书，恶补猛读……时日既久，我对书店里的书都略知一二了。且说某日，一位读者询问书店是否有《神·鬼·人》这本书，那是海南出版社出版的林语堂的作品，如今已售缺，但我知道那是本写苏东坡的传记，恰好作家出版社'林语堂文集'里的《苏东坡传》有货，便推荐给他，于是，我们的销售额便增加了二十四元三角，自己颇有成就感。

当然，单凭个人自发摸索是难以持久的，还需外力不断督促才好。那两年，郑州三联书店不定期要举行店员业务考试，总分为一百分，内容如下：作者作品和四道读者问答，各占四十分；店史和珠算，各占五分；打包，一项两种——大包'井'字双道捆扎带提手，要求四十秒完成，小包'十'字一道捆扎，要求十五秒完成，各占五分……就算是为了应付考试，书店里也是充满了学习的风气。有谁发现了'新大陆'，诸如作品别名之类，随即与同事分享，说不定哪个读者一会就问到了呢。那时销售还是手工记录的，不过大家脑子里犹如安装有微机，复本还有多少，在哪个柜子里，基本上是一清二楚的。

我们如今去任何一家书店找书，得到的答案通常只是冰冷的、来自计算机检索的“有”或“没有”，但假设我们是去当年马国兴任职的郑州三联书店找书，也许能够收获的是一群懂书又爱书的朋友。就我的经验而言，正如即时通讯的发达并没有阻止人们去咖啡馆面对面地聊天，电商时代里人们去书店的热望也不可能被完全清除。只不过，未来前往实体书店购书的主体，也许最终只会剩下两种人，一种是平时不看书的人，去书店只是专程去找某本临时需要的书；一种是非常爱看书的人，逛书店已经成为他们不可改变的习惯。而这两种人，都是非常挑剔的，他们挑剔的倒不一定是价格，而是书店的品位，而这品位，最终是由侍候书店的店员所构成。

在这本书的跋里，作者说：“有读友说，我这一系列文章，是一曲唱给传统民营书店的挽歌。不过，我的出发点，却是经由回溯个人的成长历程，温习曾经的感动，寻找上进的力量。”我很欣赏这段话，归根结底，那些立志修史的人，都是对未来抱有渴望的人。

2012 年 6 月

孙 良

重新回归中国画，在孙良是五十岁之后的事情。那年他去桂林，正好是秋天，山上有无名的小草，寂寂无闻的生命感觉，令他震动，一画就是十几张。后来他去哈尔滨，又画了一幅冬天雪地上的野草。面对这类传统绘画中少有人触的题材，他心里萌生空无的自由感。

水墨，原本就是他年轻时欢喜的东西，但如今，他想做的并非怀旧。他最留心画一些无名无姓的小虫小草，那种不大被人当回事的、卑微的生，甚至卑微的死。他画过一张死掉的知了，那是他在去一个画廊的路上捡到的两个知了，他想带回工作室写生，但回到工作室的时候，它们已经死了，他也不扔掉，就放在桌上，后来有一天晚上，他不想睡觉的时候，就开始画它们。至于梅兰竹菊、桃花牡丹，这些传统水墨画中最受青睐的题材，他无有兴趣。也画过一批墨竹，我们看了觉得非常之好，凌厉动人，但他说，“那些是开了花的竹子”。竹子开花，这个竹子也就要死了。他在成都杜甫草堂看到这些竹子，回来以后，就凭着印象画了两组墨竹，觉得历代也没有人这样画过，里面的凄凉和冷峻，是他喜欢的元人的气息。他说：“我这几年的中国画当中画得最好的那个东西，和我最早在油画当中的东西是相通的，都有那种死亡的感觉。”

孙良是身材高大的人，算命的说他命中多火，阳气十足，但他小时身体不好，在医院里住过长达一年的时间，所以对死亡敏感，即便如今，深夜里若是听到远处有哭声，他还会不安。在他早年那些标志性的油画作品中，反复出现男女骷髅、濒死者、尸体、葬礼，但它们并不因此显得恐怖和丑陋，相反，它们在银灰色、红色、蓝色还有黄色的渲染下，每每是饱满、鲜亮和动人的。“画到《奥菲利亚》的时候，我不知道，也许是那个时候反正对中国的政治是绝望到这样子了，反而有另外一种感觉，觉得死亡是另外一种挥霍，这样的死亡跟我之前感受到的死亡是不一样的，它是一种挥霍，想想莎士比亚写《哈姆雷特》的时候，想想这个女孩子躺在花丛之中，吟唱歌词的时候，我就在想那是美到极致的死亡，所以我是对唯美主义有所亲近的。”那是上世纪 90 年代中期，中国当代艺术的沉寂期，也是孙良在艺术上疯狂追求极致的时期，越是无法控制的情绪，越是不可知的未来，他越是会把画面画得极为美丽。这种美丽背后，是辛勤的劳作，他那时一年大概只能够完成几幅油画，在线条和颜色上，都极度讲究变化，每一段线条和颜色都力求在变，哪怕只有一小段线接上去，也是始终要有变化的。在一本给自己画册写的说明文字中，他把这种变化形成的流动感，比作巴赫的音乐。我看到，就很惊叹，没想到那么狂野艳丽的画面竟然能和巴赫联系起来，便问他对巴赫的看法。他说："巴赫的音乐，曲段不多，音节也不多，但是永远在变化"，顿了一会儿，又说，"我不知道别人是怎么样的，就我自己而言，画画还是为自己画得更多一些，画的时候是自己与自己较劲，没有任何功利心，你们写作的人一定也有这样的时候，文字之间绕来绕去，穿插往返，都是自己在玩，那么音乐也是有这样的时刻，作曲家觉得这个旋律自己很喜欢，他就想尽办法围绕这个旋律变化、发展。画家里头呢，我觉得现在这样的画家少了，以前应该是有过一些，比如像莫奈，同样一个场景他可以画几十张，用不同的颜色表达一样的东西。这其实最后是对一种形式感的追求，包括雕塑，包括早期图案艺术，其实都有这样的情况。实际上，别人不一定感觉到这个画家在动脑筋，甚至觉得很无聊，但艺术家自己这样创作的时候会很有劲。"

他和我们谈到齐白石，他说："齐白石画花鸟，以大写意著称，但他也画过一些非常精细的虫虫草草，这种精细乃至精致，是对他大写意的一种互补。大艺术家往往都不是一招鲜，而是什么都可以玩一玩，都可以玩到极致。"他对自己的期许很高，希望自己也可以全面、完美，但同时，在他那里，再好的希望，首先还要服从一个艺术家内心的诚实感受。

比如，他虽然一直对黄公望的《富春山居图》心向往之，却并没有怎么做过山水画的尝试。我们就问他原因，他说，对于山水，像古人那样既生活其中又超然物外的感受，他自觉暂时还体会不到，体会不到就是体会不到，想象和黄公望一样与山水发生关系，和自己真的如何与山水发生关系，是不一样的。他批评民国以后画山水的名家如张大千，觉得那画里的山水是假的，不是真实的现代人与山水之间的关系。他不画山水，是因为觉得做个所谓山水画家也没什么意思；他画花鸟，却同样没想过做个什么花鸟画家。创造是艰难的，艺术家无法重复已有的路，却也不能假想出一条捷径，他觉得习气和投机是艺术最可恶的敌人，而性情和好玩，是他时常会提到的两个词。他想做“为己”的艺术。

他画完一幅花鸟或虫草，也会像传统中国画家一样，在画的空白处写字，但他不写文绉绉的旧体诗，只用大白话写最普通不过的感怀，我们看了竟觉得非常新鲜。比如有一幅圆形小品《闲趣》，画的中央是三颗彩墨杨梅，在画四周空白处他写道：“今夜阴湿寂静曾睡去后由佩韶后潘曦电话遂醒来再不能睡前翻袁枚随园食单仍无睡意再看几页高居翰写明代画家一书见几日前贴于墙上画乌梅二帧想今夜已是深夜十一点再有一个小时便为我生时五十五岁了忽想取小纸再画杨梅三粒为写这些字记我生日纪念梅雨时节……”他就这么一路随着兴致乱写下去，写到完全没地方可写的时候就结束，有涂字也有错漏字，语句也不讲究，却很奇怪地有一种古意。他指点给我们看他画的这杨梅，“你们注意看这三个杨梅，距离、颜色、画法都不同，现在很多画家这些细节就不会处理了。这就是古人的能力，就是画这三样东西，这么简单，他又要有层次，又要有所不同，又要表达他的一些感觉，用笔上也要不同，实际上很简单，但往往现在很多画家就做不到。杨梅那个松松的感觉，到晚上吃剩下的，肯定不像刚刚采摘的时候那么紧，所有这些你都要画出来。我也是偶然会画得很好，但是多半时候也没有那个精力去画。有时候把那种感觉画对那就对了，也并不是每一张都能画对”。

我们听孙良说这些话，是在他顶顶有名的马厩画室里。威海路 20 号的一幢老旧两层小楼院落，过去是跑马场的马厩，解放后改建成民居，孙良母亲单位分房，就分到其中二楼的一间，后来就成了孙良的画室。他顺手拿给我们看一个铸铁的马蹄形铭牌，当年它就挂在马厩的大门上，见惯了兴衰流转。上世纪 90 年代以来，孙良几乎所有的重要油画作品，都是在这里完成的。这里地处上海的中心地带，当我们第一次来的时候，绕过外面的林立高楼和汹涌人流，穿过院落里各家晾晒的万国旗般的衣裳，在昏暗中沿一座黑铁旋梯蜿蜒而上，在二楼的尽头房间里，他打开门迎接，走进门的那一瞬间，我们觉得仿佛置身于传说中 19 世纪巴黎艺术家的画室，凌乱、怆陋，昏暗，却始终有一束明亮温柔的光照进来。

有一次，记者问孙良，“你觉得你应该生在什么时代？”他回答说：“在文艺复兴时期的威尼斯，我想做一名教堂执事，每天站在黑色的大门后看着前来做弥撒的人们走进来点亮蜡烛默默祈祷，看那些艺术家一笔一笔地描画四壁和穹顶；要是在罗马，我会是一个设计师；如果出生在拿破仑时代的法国，我会是一个士兵，但是刚上战场，就被敌人击中，年轻的头颅浸泡在血泊中；要是在巴黎的19世纪末，我会是一个艺术家，从幽暗的画室出来打着唿哨叫来马车，去参加一个贵妇举办的晚会；要是在西班牙，我就是一名骑士，为心爱的女人去决斗，但可能甚至连她的面容都没有见过。”

这个时代太糟糕，他不喜欢。好在他有自己的画室，自己的房间。在这里，他不停创造着一个他喜爱的世界，哪怕是极为缓慢的。他指给我们看窗边画架上的那幅皮上作品，“这个画摆出来很久了，那个鸟好多天没画了，看见那后边有个小的鸟头吗，画了好多天都没画完，我也不着急，搁在那”。

他很多画即便画完了，也不着急拿出去给人看，更不卖，因为觉得其中有太多自己的心血，不舍得卖，就自己留着，卷而怀之。他威海路的画室太小，很多画现在都放在银都路的大画室里，我们后来在那个大画室里惊讶地看到众多原作，那些被评论家反复提及在画册里时常出没的杰作，就安安静静地立在我们四周。这种感觉相当奇妙。

他说：“我们这代画家，比较奇异，早年受中国传统影响很大，然后又把传统全都打碎，扔掉，向西方学习，但学完以后呢，学到极致，那些也还不是你自己的，所以又要慢慢往回走。”

“比如说年轻人喜欢吃肉，吃鱼，甚至喝白酒，老了以后才觉得蔬菜好吃，这是年龄到了，对很多东西的口味也变了。有时候我们也不知道是不是年龄的问题，就自然有一些倾向。作为一个艺术家，我是个完美主义者，我想很少有人像我这样，我觉得一个艺术家该做的都要做到，不应该漏掉什么。在我最最好的年龄，就是50来岁的时候，最敏感的年龄，我觉得自己不应该就是弄两笔，玩一下，得到一点掌声，那我应该去做一些什么呢？我对大自然的一些东西还是感兴趣，大自然中被人们忽视的一些小东西，我还是很敏感，那我要把它表达出来，那些水墨画就这样开始画起来。那画的过程当中呢，偶尔融入一些自己的情绪进去，也不是每一张都能融进去，因为有时候就进去，我就觉得很好，有时候也很一般，我把我的感受表达出来，就是这些年积攒的这些作品。但是还有一个就是说我的那些油画创作呢，我个人感觉一个艺术家走到一定的程度需要钻牛角尖，但钻的时候空间会越来越小，你最后就很累，还有油画对生理上也是有要求的，到了一定年纪，就会很吃力，你很多微妙的感受力都会下降。但是中国画对生理的要求就相对小很多，它并不是以准确为最高境界，它强调的是你感觉的准确。书法也是这样，你年轻的时候写得剑拔弩张，四面出风，却未必好，到老了以后哆哆嗦嗦画两笔，写两个字，忽然就可以好得不得了。”

他遂和我们说起赖少其。他说，赖少其的字他从来没喜欢过，写得又烂，那个字又黑，临死前九十好几岁，快一百岁的时候，赖少其回忆鲁迅，哆哆嗦嗦就写了两个字，“鲁迅”，很大，写得精彩至极，很多凝聚的情绪和情感，就在最后这一下子给写出来了。

孙良这几年除了水墨之外，还专注于在皮上作油画。起初是有个画家朋友汤国给他看一张 16 世纪的羊皮书。他拿到这张皮，看上面写的字的时候，照样可以抖动，而其他任何一件同时期的印刷品，书、国画或者油画，几百年下来，那简直是脆弱到碰都不敢碰的，但那张羊皮竟还可以抖动。他顿时觉得，在皮上作画，实在是一件叫人很安心的事情。

他拿很细的毛笔，在皮上画油画。皮上的线条是没有办法像在油画布上那样渲染和修改的，画完一笔就立刻渗进皮里去，改都改不了，这瞬间变化当中的轻重缓急，细密至极，特别考验手上的控制功夫。他也正是得益于画国画的经验，所以在皮上才能够控制好。别人觉得他画国画，最终总归是要把他油画里的那些特质变成水墨，只有他觉得这样的混搭没有意义。他办过一个展览，一半油画一半水墨，各行其是，互不相干。展览的名字叫作“互渗”，用他自己的话说，“互渗，是把每一样各自的东西首先做到最好，之后再自然而然地相互影响”。说得好极了。如今，在皮上，在一种新的材料中间，他发现自己油画和水墨截然不同的经验得以极其自然地结合，如果真的存在所谓创造，它最终也依赖于对真实而新鲜的物质世界的不懈探索，这其实也是艺术领域一直在发生的事情。

我因为前阵子在看让·热内写的《贾科梅蒂的画室》，觉得非常之好，就问他对贾科梅蒂怎么看，他果然也很喜欢贾科梅蒂，“因为贾科梅蒂也是非常特别的一个人，永远是在一个跟我这个工作室差不多大小的工作室里，做一辈子的工作。我自己有一段时间，从工作室走回家的时候，遇到下雨没带伞，也会把衣服顶在头顶上，就想到贾科梅蒂也是这个样子的。我很喜欢这一类的画家，他有一种极其特别的美，他与时代好像没有什么太直接的关系，但他的精彩之处，深邃细微，你越是浸淫其中越觉得滋味无穷”。

他提到的雨中的贾科梅蒂，被留存在布列松拍摄的一张照片里，那是 1961 年，巴黎的阿雷西亚街上，大雨如注，贾科梅蒂头顶着风衣从街对面走过来。

2013 年 7 月

格非的面孔

《博尔赫斯的面孔》是格非最新出版的随笔集。姑且称之为随笔，但其实这本书的文体面目是有些模糊的，既有读书札记、游记、忆旧散文，又有谈论具体作家和导演的文论讲稿，以及几篇对小说乃至文学的整体观察；它们各自写作的时间，也是分散在作者近一二十年的写作、讲学与游历之中。换句话讲，这并非一本事先有意为之的著作，而是一本事后组合而成的书。

“对于一本组合而成的书，”卡尔维诺在为其某本书所配的一封信里说，“一篇重新包装过的介绍或者加上一个全新的书名，总是会成为一部全新的作品。就像一位画家举办画展，对于画家来说，如果想要画展具有一定的含义，他在意的是如何把画作摆放在一起。”

在这个意义上，《博尔赫斯的面孔》需要被视为一部全新的作品，而不只是蒙上一层所谓“文学黄金时代”流光余韵的纪念品，引发年轻一代观光客徒然的瞻仰与唏嘘。我们需要将这本书视为写作者此时此刻的有力呈现，并且以今天的文学水准去衡量与审视它，这似乎才是对于一个写作者的最大尊重。在书题篇《博尔赫斯的面孔》一文中，作者谈到“写作抒情诗、哲理随笔、叙事诗小说、文学论文的博尔赫斯分别具有不同的面孔”，这些不同面孔叠加在一起，最终呈现出一个冥想者抑或幻想者。由于埃德温·威廉森对博尔赫斯完整深入的传记研究著作最近才有中译，所以我们不能就此苛责格非对于博尔赫斯的认识不够全面，我想表达的仅仅是，如果说，那个写出《迷舟》、《青黄》和《相遇》时的年轻的格非，曾经是中国80年代众多的博尔赫斯追随者中至为杰出的一位，那么，时隔多年之后，在《博尔赫斯的面孔》一书里，作者所呈现出的，却令人意外地几乎是一个与博尔赫斯无限疏离的面孔，一个浮沉于现实表面的、踏实认真却略显贫瘠单薄的学者的面孔。

在上海的思南读书会上，格非提到对米兰·昆德拉曾经的迷恋和如今的不感兴趣，他认为昆德拉是被高估了，“实际上他在欧洲也不是非常重要的作家”。这里故且不深究在所谓重要作家排行榜中能够窥见的属于读书人的势利，仅仅从个人阅读经验而言，这番意见其实暴露出的是格非自身视野的局限。他在《博尔赫斯的面孔》一书中时常援引和反驳昆德拉，却始终只是在面对一个被中国80年代文学青年高估的昆德拉，而不曾有力量看到另一个在西方后现代境遇中被诸多学者乃至哲人严肃思考，且一直向前迈进的昆德拉。某种意义上，格非像他当年的先锋同伴们一样，都曾经获赐一双伊卡洛斯式的翅膀，那蜡质的翅膀，能够令他们顷刻飞翔，却不能帮助他们越过更为漫长和严酷的烈日和海洋。

2014 年 4 月

另一只老虎

《自由的老虎》是沈诞琦的第一本书。在一篇写在书外的文章里，沈诞琦提到卡尔维诺的话，“只要一个人还没有写他的第一本书，他就拥有自由。写作者一生中只能享用一次这样的自由。第一本书将给你下定义”；提到她“十四岁时第一次读到这段话，就梦想着有一天自己也能拥有一本给自己下定义的书”。她设想那会是一本虚构作品集，一部长篇小说、或者短篇小说集，但现实版本却与此相反，她的第一本书，是由十几篇传记文章构成的非虚构文集，传主都是普林斯顿大学的杰出毕业生，也是她的校友，他们或早或晚，共同属于那个拥有老虎图腾的校园，属于那个拥有爱因斯坦、菲茨杰拉德和艾伦·图灵的小镇。

然而卡尔维诺的话依旧有效。“第一本书将给你下定义”，但这个定义未必是写作者自己曾经设想的定义，这定义首先来自读者，来自无数千差万别的陌生心灵的公约数。具体到《自由的老虎》，这定义中的一部分，关乎熠熠夺目的文学才华，会令年轻的业余写作者倍受鼓舞；但这定义中的另一部分，或许也已经让沈诞琦感受到了困扰，因为它涉及所谓精英主义、所谓智识上的优越感，以及某种旨在构建一些“文学性瞬间”来感动他人的写作程式的认定。

在有关纪实作家迈克尔·刘易斯的《大鱼》一文中，作者已然诚实地披露了自身存在的一种被称作“菲茨杰拉德综合征”的心理状态，“于是当他带我到露台上，再次指给我看他拥有的这一切光辉。当他说，昨天晚上他刚从华盛顿飞回来，为了去和奥巴马打篮球，我心里泛起了一种熟悉的复杂情绪，我在普林斯顿四年本科生活中时常体验到的感情。简而言之，这是在舒适却局促的中产阶级家庭长大的孩子对金钱的嫉妒式向往、迷恋性批判。我愤世嫉俗的英语系室友把它称作菲茨杰拉德综合征，因为我校最著名的肄业生—作家菲茨杰拉德在那部具有强烈自传意义的处女作《天堂的这一侧》里写道：抵达普林斯顿的第一天，从中西部中产阶级家庭长大的主人公艾默里·布莱恩就是怀着这样一种对金钱的复杂情绪站在闪闪发光的东部上流社会子弟中间的”。我们还可以在文中看到迈克尔·刘易斯将自己比作艾默里·布莱恩的记录，而某种程度上，我们或者也可以说，写作《自由的老虎》时的沈诞琦，就是另一个艾默里·布莱恩，怀着同样复杂的情感，站在一团她强烈感受到的光辉面前。这样的光辉，即便是由金钱和名望构成，可以噬咬人，损毁人，却也能对人产生莫大的激励。只不过，这样的激励倘若要不显得伧俗，且还能呈现出某种崇高动人的作品，往往需要经历艰难长久的转化，就像菲茨杰拉德将他或难堪或华美的生活一点点转化成小说中明亮又令人振奋的悲伤；就像迈克尔·刘易斯与写作对象厮磨，耐心等待平庸的日常生活终于萃取出闪光且真实的瞬间；就像斯特格·伯格在每位传主身上豪掷自己十余年的生命光阴，消化无数的私密资料，以唤醒那些杰出的死者……

这里提到的几位，都是《自由的老虎》中写到的作家，似乎也可以说是沈诞琦在这本书中心手追摹的写作典范。她熟悉他们的作品，有幸体会他们曾体会过的风物，并和他们中的一些人交谈，这些已经是弥足珍贵的经验，她也有足够的写作才华和文学敏感，然而仅仅这些加在一起，却还仍不足以和他们比肩。与他们类似的、同样以他人生活作为写作对象的作品相比，《自由的老虎》还缺少一样很重要的微量元素，那就是时间。因为，作为一个传记作者，倘若要透彻理解另一个人的生活，她必须先理解没有一个人的生活仅仅是眼前呈现出来的样子，她必须先理解，那些在时间中默默孕育、生成和损毁的生活暗流，为了理解另一个人在时间绵延中的生活，她或许必须先付出同等的时间。

因此，虽然收在这本书里的每篇文章都很好看，但其中最打动我的，却始终是有关约翰·纳什的那篇。《我所认识的约翰·纳什》，一如这个题目所表达的，这不是一篇《名利场》杂志式的点面结合技巧娴熟的人物传记，而只是一个人朴素地记录另一个人在其生命中偶然投射下的荣耀。在一次作者组织的数学俱乐部的晚宴上，纳什教授和他的妻女孤单地坐在一个大圆桌旁，没有人敢过去和这位曾经疯癫又因为诺奖和电影变得如此著名的教授搭话，直到，有一位大一的女生，站起来，勇敢地走到纳什面前，结结巴巴地要求合影……

> 我想告诉你，那个晚春的傍晚，所有男生都穿着衬衫和西裤，所有女生都穿着花裙子。我想告诉你，数学楼是全校最高的建筑，数学楼最高层的大厅360度都是没有间隔的观景玻璃。透过玻璃看，校园美丽如画……我们排着队等着和纳什拍照，顺便透过观景玻璃张望着校园的一草一木，而夕阳也张望着我们，大家的脸上身上都覆盖着玫瑰色的光晕。我想告诉你，《美丽心灵》里那让人动容的授笔仪式完全是导演的杜撰。可是，那个傍晚，在数学楼顶层排着队等着和纳什教授合影或谈话的年轻人，他们的结结巴巴、推三搡四，难道不比那个子乌虚有的授笔仪式更让人感慨？

这才是一个恒久令人动容的时刻，而不单单是如迈克尔·刘易斯向作者诠释的、“通过一个故事可以呈现所有道理”

的所谓“文学性的瞬间”。

事实上，当一个故事是为了呈现道理甚至是所有道理才存在的时候，它就已经背叛了故事本身的真谛，而那些伟大的传记作者正是为了要冲淡这样的背叛印记，才被迫投入大量的时间，将自己的生命光阴作为筹码，去赌某个闪光故事的全部真实感。而《自由的老虎》的年轻作者，对于这样的奋不顾身，对于这样任凭另一个生命肆意侵占自己的生命，其实是多少有些恐惧的。她更为期待的生活方式，与其说是在书桌前的写作，毋宁说是另外一种实践性的生活，如她在自述文章里谈到的，是“到世界各地转悠，身体力行地改变世界”。但世界真的有可能因为一个人的存在而改变吗？

这或许也是作者这第一本书的内在矛盾，一如它回馈给作者的、那些令她鼓舞又困扰的矛盾定义。虽然被赋予某种传记的色彩，但对作者而言，诱惑她写下《自由的老虎》中这些文章的，并非来自传记本身的文体荣光，而是那些传主身体力行的精彩人生，更准确地说，是她自身所热烈感受到并期待付诸实践的精彩人生，另一种人生。我们无须把这本书当作严格的传记作品看待，它里面流溢在写作对象身上的，那些单纯的决断、热切的奋斗，乃至清晰可辨的向上之路，我们不妨视之为沈诞琦在讲述她自己对于生活的期许和热望。在她自我戏谑的菲茨杰拉德综合征背后，不单是一种个人奋斗的梦想，更多的是一种企图通过有意义的人生令这个世界变得更好的决心。对一个生活在这个世代的写作者而言，这是相当可贵的态度。像博尔赫斯一样，她梦寐以求的一直都不仅仅是“诗篇和虚构中的老虎”，而是那只“真实的、热血的老虎”，它“勇敢、天真、浴血而又新奇，/它要穿过它的树林与白昼/把足迹印上一道泥泞的河岸”。然而，或许，未来的某一天，“在入夜的时辰里”，她也会像博尔赫斯一样，回过头来，去寻找那“另一只老虎”，在人类词语的组合中。

2014 年 7 月

孙机的《中国古代物质文化》

我是从扬之水的书里知道孙机先生的。《棔柿楼杂稿》里有两篇文章，《以“常识”打底的专深之研究——孙机先生治学散记》和《仰观与俯察》，专谈其师从孙机先生问学心得，使人眼界顿开。其中有言，“征引宏富，论据严密，考证精审，时有中西两方面的比较而使得视野开阔；虽考校一器一物却不限于一器一物，笔锋所到，便总能纵横捭阖，不断旁及与器物共存的历史场景；还有简练干净的文字，准确清晰的线图，等等，都是《论丛》的出色之处”，虽是在说他书，但我觉得也可以一字不改地应用在这本近著上。

按其后记的说法，这本书是给中国国家博物馆内部员工讲课的产物，举凡十个专题，“农业与膳食”、“酒、茶、糖、烟”、“纺织与服装”、“建筑与家具”、“交通工具”、“冶金”、“玉器、漆器、瓷器”、“文具、印刷、乐器”、“武备”、“科学技术”，既不忽细微，又注重器物演变的总体脉络，可以说兼顾了治学的专精与通贯，更因其讲座的特质和文字的简净，加之几百幅亲手绘制的精密生动的器物线描图，令这本大书同时也有能力成为一本普通读者的案头闲书。

前些年有台湾学者许进雄《中国古代社会——文字与人类学的透视》一书出版，从与日常生活有关的一些常见古文字构成分析入手，配合文物与文献，也是非常翔实且有趣。有心人可以拿来和孙机先生的这本《中国古代物质文化》对读，一定会有更深切的感受。这两位都是博物馆员出身，于及物体物之外，难得都有一手洗练明朗的好文字，许进雄后来去了台大中文系教书，润泽一代中文学子，而师从过沈从文的孙机先生也有了扬之水这样的得意弟子，在谈玄蹈虚的文学系所内悄然种下名物学的种子。

所谓“文明化成”，更多时候是涓滴细流的作用，是日积月累的成果。“贤者以其昭昭使人昭昭，今以其昏昏使人昭昭。”在举国弘扬传统文化的今天，类似《中国古代物质文化》这样的著作，大概更有其教人警醒的价值在。

2014年12月

人在草花中

《见花》这个书名起得好。人世有各种各样的见，而花是年年来去之物，放在一处，每每一则以喜，一则以惧，比如阳明说“你来看此花时，则此花颜色一时明白起来”，又比如词牌里的“相见欢”。

作者何频之前还出版过一本《看草》，按日志的形式记录随时令而起的草木变化，看完仿佛随作者经历了四季，那些看似细碎平常的景语因和草木有关，也都成了情语。这本《见花》其实也是如此，虽然文体从日志换成了随笔短文，像是从人生的素材中抽取出一些闪光的时刻。看草和见花，是很微妙的搭配，换成看花和见草就不太好，这里面有汉语对于不同事物的体贴，但又是不着痕迹的，由此也可以见出作者对语言的敏感。

《见花》里没有配图和照片，是完全的文字草木，我因为自己对花草生疏，读这样的文字时就恨不得每个花草的名字下面都能有一个超链接，点开就能见到它们的样子。但其实，这样的想法也是虚妄。因为我即便能够见到的样子不过还是图片，而那些缓慢的生长，瞬间的开落，以及若有若无间的气息流动，还是要和它们朝夕相对的人才有幸明了，在图片的表象世界之下，那个深层的感官认知世界大概也唯有文字可以传达给我们以万一。大概也正因此，我不太耐烦看那些驰骋于文艺、掌故和博学中的草木文字，因为在那里面的草木慢慢正蜕变成某种符号、概念和炫耀，蜕变成图片里的美景。而在这本《见花》里，虽然也随处可见各种掌故旧闻，但它们都是附丽在作者切身的感受之上的，他是真的见到了一些花的生长、开落与流转，他朴质地写下他的所见，那些花仿佛就又重新安静地开了一次，虽然未必能惹出多少的惊动与倾城。

比如他可以见到雪地里单薄绽放的蒲公英，又可以在巴黎的街头见到故乡的枸杞和车前子，在临水的岩缝里见到山麦冬开花，在早春见到如肥皂泡般稍纵即逝的有着丁香般味道的樱桃花……他喜欢四处探寻那些寻常草花，它们散碎却不曾断落，就像他喜欢过寻常人家的生活，“烂漫却不铺张，它连接古今，承传了过世的老辈人的生活方式和生活艺术”。

书里有一篇《人在草花中》，写夏天窗台下面的草花健旺，女儿天天熬夜看世界杯，而他的妻子临睡前总要在外面掐了栀子花和茉莉放在女儿床头。而在《栽花十年》里，作者自述因为新居被分在一楼有些落寞，“倒是太太想得开，请人在东墙下围起一个半圆的小花坛，凿破了僵硬的水泥壳贯通地气，栽上凌霄与紫藤；北窗之下，顺着公共绿篱，间隔种下夹竹桃和商陆”。我们读到这里便可知道，在那个喜欢行走各地并遨游于草木文字的作者背后，还有一个默默在生活里拾掇草木并对草木有感的伴侣，或许正是有类似这样的场景存在于世上，才让我们这些枯坐写字的人平添几分喜悦与感激，仿佛也是见花。

2015 年 6 月

作为复数的生活

我和刘大先年龄相仿，又都是在江淮之间的安徽小地方长大。那里不南不北，不东不西，徽州安庆的温婉蕴藉与之无缘，阜阳淮北的好勇斗狠却也有些陌生，这种面目模糊的地方性，使我总不大能有什么故土之思和乡党之情。家乡最出名的是两个人的事迹，楚霸王和刘禹锡，却都不是本乡人，一个于此地自刎，遥谢江东父老，一个被贬于此，写陋室铭以自遣，所谓穷途末路，有时候并非是在蛮荒边塞，而就在一片无名目特征可言的此地。

所以读大先这本《远道书》里的文章，时常令我感到亲切的，是他在四处行走中自身所拖带着的那个江淮子弟的世界。从中，我仿佛重新见到那个一心要从平庸乡土的泥泞中振拔上行的少年，见到他的坚忍与敏感、质朴与精明，以及对于生活极强的适应力，当然，还有捕捉命运契机的能力。对于陌生的读者，从这本书中能领略常人难以企及的四隅八荒的风情，但对熟悉和喜爱大先的读者而言，这本书里或许暗藏着他的来处。

大先有写日记的习惯，流荡在这些文字中诸多真切可触的细节，也得益于此。而这种记录一如他对行走和美食的喜爱，都源自他近乎强悍的生命热情。人生实难。大先说，“像我这样生于70年代末年的乡村少年，从最底层的暗夜泥路中走来，不免磕磕绊绊、一步三滑，真正意义上的两眼一抹黑。所幸，偶然迸发的光亮，让我们免于跌落到冰冷的泥淖浊水之中”，而这样的光亮，更多时候其实是他自己给予的。

这本书里有他少年时的窘迫，异乡拼搏的无奈，以及感情生活的跌宕，但他并无意耽溺于感伤和细述平生，相反，他是带着他的心事积极投身于他者的世界，去阅读和写作，去见识万物，大块朵颐。他写最初在北京的生活，“坐公交车到地铁站，从四惠坐到苹果园，横贯东西整个北京城，再转车到偏远的门头沟去代课。那时候的精力非常旺盛，从七点半到中午十三点半，结束的时候，我甚至有闲心在附近的镇上逛一逛”；写某个春节时独自的岭南之行，“在南中国如同春暮尚寒的空气中望着远处金鼎的层峦叠嶂，心中隐约想起一些不愉快的事情。此次出门而不回家，就是不想面对一些令人烦恼的事情。一个人的生活非常简单，每日就是读书写作，用一周的时间基本完成了写作。正好天放暖阳，跼蹐一室数日，觉得天仄地隘，便出得门来，骑着自行车循凤凰山麓往北……”；在《时间的飞地》一文中他记录自己兴之所至的南昌之行，和朋友在山寺闲逛，偷几颗僧人晾晒的红枣大嚼，“我们的日常生活充满各种程式化的套路，无数次乘地铁或者开车去上班，搭经济舱到某个陌生的城市开会，参加必要不必要的应酬酒宴，但是到最后留在记忆中，偶尔会翻滚出来的可能反倒是这种无意义的瞬间。这种玩耍非常重要，它让在平常机械重复的自我恢复到独一无二的状态，以避免进一步的自我厌恶产生”。

于是，这本书也可视为大先在日常学术著述之外非常重要的玩耍。它使我们得以窥见一个优秀的学者如何平衡“作为复数的生活”，在书斋和田野之间，在主体和他者之间，在意义与无意义之间。而在有效的平衡之余，作为同侪，我可能还暗暗期待大先能有一种积极的融合，这种融合使得那些看似分裂之物不再满足于一种对抗性的平衡，使得生命的激情不单单服务于对日常生活的安慰，而是共同朝向一个更为饱满和奇特的整体。如此，尚未经历的远方，已经走过的道路，和此时此地的书写，才真正构成一种复数的生活，也是面向整全的生命。

大先嘱我为他新书作序，这实在是令人惶恐之事，唯有拉杂几句闲话，聊与大先共勉罢。

2017 年 5 月

一场认真的相遇

云也退将他严格意义上的第一本著作取名为《自由与爱之地》，这是一个很认真的书名，因为作者自己一向是认真的。对于我们此时此地的文明，他并不满意，自由和爱都被搁置，精神性成长几近凋敝，人们要么迅速老于世故，要么一直在婴儿期哭喊抱怨，或在青春期里忧伤。很少有人认为这样就是正确的，与此同时，似乎也很少再有人认为“正确”有多么重要。云也退却暗暗期待一种正确的生活，一种被积极成长所推动的、迈向完整的生活，或者说，一种在他浸淫日久的西方作品（尤其是犹太作品）中所感受到的那种，应许的生活。

列维-斯特劳斯在《忧郁的热带》开头引用夏多布里昂的话，“每一个人，身上都拖带着一个世界，由他所见过、爱过的一切所组成的世界，即使他看起来是在另外一个不同的世界里旅行、生活，他仍然不停地回到他身上所拖带着的那个世界去”。绝大部分游记都是如此，人们去遥远陌生的地方，只是为了激发唤醒自己身上所拖带的世界，因此游记的重要性往往就取决于旅行者本人，而非所去的那个地方，我们想知道的，是“他”，是“他”看到了什么，而不只是“什么”。我们很少能够通过游记去真正了解某个陌生世界，但可以借此了解那个去往陌生世界的旅行者，进而，了解我们自己曾有的盲点或误区。当我这么说的时候，我心里想的并不只是那些糟糕平庸的游记，也包括那些堪称伟大的游记。也正是在这个意义上，《忧郁的热带》的作者会说：“我讨厌旅行，我恨探险家……时间把生命与我自己之间的距离拉长；在我能够回顾省思我以前的经历之前，必须先经过二十年之久的遗忘期。”

但云也退并非如此。对于那个遥远的以色列世界，他既非观光客也非探险家，而是一个爱者。一种强烈深厚的对于犹太文明的热爱，以及对于本民族现有状况的痛恨，构成了这本书的基石。读他的书，时常让我想起那些清末民初来到中国的海外汉学家，也是类似的在长久阅读中所积累的、对于另一种古老文明的爱，让他们在此刻看似荒凉无奇的土地上，依旧可以遭遇众多闪闪发光的灵魂。

所有的爱和恨，都带有一定的盲目性，但重要的不是纠正，而是理解它。如此，我们才得以重新感受书中纷至沓来的文句，它们不只是幽默的纪实和生动的比喻，它们也由爱所构成：

让草秸跟滚筒里的其他东西会合时，无数只一闪一闪的绿色小蝴蝶被滚筒驱赶出来，打在筒壁上的声音是“叮叮”的，非常好听。

这户人家比我之前住过的几家都要暗淡一筹。你可以在地上看到丢弃的玩具，一个铜马头，一个带轴的木轮子，两只互不相干的袜子，旧沙发边放着几个带完整瓶底的酒瓶。正对着前院的水槽是用白瓷砖铺的，砖缝黑得都可以在水槽里下围棋了。

我们一起看鸡们啄食葡萄皮。待遇真好啊，我想，这样的鸡下的蛋适合做葡式蛋挞吧……汽车在石头路上碾过，发出麻麻的，好像油锅炸鱼的声音。

有时锄头砸到硬物，震得双手发麻，我便怒不可遏地敲打它附近的泥土，直到它瓦解，吐出一块鸡蛋大小、面如土色的石头。

这其中有一种不可替代的经验。异乡不再是某种景观式的存在，而是值得用全部身心去拥抱的生命境遇，是一场认真的相遇。关于自由，以赛亚·伯林（依旧是犹太哲人）区分过积极自由与消极自由，即做某事的自由和不做某事的自由，这两种自由都关乎政治生活，关乎个人在共同体中如何行动和自处，然而，当云也退把自己短暂投身于基布兹这个犹太共同体中的时候，他实际上预先放弃了这两种自由。他无意在这个共同体中捍卫私人生活的独立性，而是努力遵循共同体的安排，按时起床，从事各种规定的劳作，服从各种集体规章；同时，他也无意去参与这个共同体的未来建设，在其中获得某种公民主权。基本上，他把自己的存在感降至最低，如此地的一草一木，一砖一瓦，他是这个共同体中来来往往、稍纵即逝的微不足道的一员，如我们偶尔也可以借助宇宙星辰所窥视到的自己的命运。但与这种存在感的消除息息相关的，却恰恰是生命感受的勃然兴起，是“秉烛夜游”的好奇与孜孜不倦，是精神自由的新一轮打开。

云也退在书中引用内奥·茨马达基布兹的创始人约瑟夫的话，“要解决自我、与他人合作、人与人的关系这三大课题，关键在于同时做两件事：一边凝视自我，沉思自己对外界的种种反应，一边与其他人交感互动”。这也构成了这本书独特的文体，一本由真实发生的对话、简单朴素的集体劳作和严肃广博的心智思考共同推动向前的书。

在离开基布兹前夕，他和朋友阿尔农躺在草地上看银河，说起关于“我想要什么”的话题，他提起雨王亨德森，索尔·贝娄笔下那个在行动中探索自身的美国人，云也退说，他的梦想就是成为亨德森那样的人。我不清楚，这短暂的以色列之旅是否可以成就一个中国的亨德森，但我看到索尔·贝娄所谓“文明人心中小小的冰河”，就在这样的朝向自由与爱的写作中一点点消融。

2017年10月

辑 3
纸上的爱

我们曾到过海边

大都市时常让人心烦意乱。所以我们总是能听到吵架的声音，在巴士和地铁上，在黑压压的电影院后排，在明亮炽热的大街上，在陌生人之间，在手牵着手的情侣之间。有一次，走在大街上的我们居然也吵架了，在一段保持距离的沉默行走之后，我想起她一直说要去看海。“我们去海边吧？”我说。“现在？怎么去？”她惊讶的表情像是我提议去月球。“坐上往东的巴士，应该很快就能到。”在这座主要由摩天大楼构筑的城市生活久了，有时的确会忘了，海和这座城市的关系，不仅是体现在名字上。

在巴士停止向前的地方，风已经染上了咸味。下午的防波堤上早有三三两两的人，我们也坐在其中，眼前就是一片看不到尽头的海水了。说实在的，它并不蓝，也不够壮阔，这只是长江入海口处的一段平淡无奇的海岸罢了。我们也没有等到夕阳映红天宇，就回家了，手牵着手。

阅读瑞士作家于尔克·舒比格的这本《大海在哪里》的感觉，仿佛就是面对一片无可名状的真实的海，你无法去拿它和其他文字或者摄影镜头中的海去比较，也无法从中提炼或探询到什么主题，你只能听到海浪不停涌上来的声音，不停地涌上来，把你慢慢地冲洗成一个小孩子。

这是一本薄薄的小书，里面有长长短短的共28段小故事。不过，这些故事和我们通常所见到的儿童故事都不一样，它不带有任何教育意义，也没有吸引人的情节，它总是没头没尾，你仿佛能看见一个被小孩子缠得没有办法继续伏案工作的大人。好吧，讲个故事吧，就讲一个，讲什么呢？讲一张纸坐在酒店里，一头猪进来和它同桌。猪要了一杯饮料，纸要了一杯啤酒……

故事时常就这么随心所欲地开始了。没办法，每个家里都会有这么一个要工作的大人，和吵着要听故事的小孩子。不过，大人的故事时常会被打断，比如，从前有一个女巨人。她有一棵白杨树那么高。那是很久以前的事了吧？是的。直到今天人们还知道她。从哪里知道的？……

没办法，简单地敷衍还不成呢，只好打起精神来好好讲。女巨人爱上了一个男人，不过和巨人相爱是蛮辛苦的，他假如拥抱，也只能抱住她一条腿，不过他可以帮她赶走头发里的麻雀，给她编辫子。不过他们后来还是吵架了，女巨人威胁要吃掉这个男人，于是，他走了。女巨人开始想念他，时常梦见他，并且还说梦话:“帮我梳头，吻我。”

“什么，你怎么可能知道?”小孩子又开始认真地打断故事。“我就是知道。所有的女巨人都做着同样的梦，只要她们的男朋友离开她们。”大人有点招架不住了，同时，似乎回忆起什么往事。

有时候，角色会互换，讲不出故事的大人只好耐着性子听小孩子讲故事。从前有一张地毯，它一直躺在一张桌子、四张椅子下面。有一天，它受够了这种一动不动的工作，想出去走走。它坐火车来到罗马，不过它感冒了，开始想回家。回家之前，它买了张印有罗马火车站的明信片。

“它要把明信片寄给谁?”这次，轮到大人好奇地发问了。“寄给桌子和椅子。它们一直在等它回家。”应付这种问题，对于小孩子倒是很轻松的事。

这本小书里的故事都是这样，由有点无聊的小孩子和有点耐心的大人共同完成。在有点耐心的大人看来，小孩子的“无聊”并不是件可怕的事，犯不着用很多课外作业或者电视来赶走它，相反，亲近这种“无聊”，是一种很美好的感觉。

在我看来，有两种童书作者。一种童书作者，比如安徒生、王尔德、还有写作《小王子》的圣埃克苏佩里，甚至也可以包括顾城，他们的现实生活都有点一塌糊涂，小孩子的世界成为他们抵抗现实的堡垒，他们一只手抵御着无边的黑暗，另一只手构建着脆弱得让人心痛的美；而另外一种童书作者，比如写出《丛林之书》的吉卜林，写出《夏洛的网》的怀特，天真和经验在他们身上是和谐而强有力地融为一体，他们在各自健全而明亮的世界之外，之所以会涉足童书，真真是为了给孩子们解闷而写。写作本书的于尔克·舒比格，无疑便是属于后者这个族群。只不过，相较于吉卜林和怀特，舒比格往回又退了一步，他从创世之初的一片浑沌开始，从宁静而温和的海水声带来的无聊开始。

他还有一本更为出名的书，叫作《当世界年纪还小的时候》，在中国已经获得广泛的喜爱。而和那本书一样，我们同样不能忘记德国女插画家贝尔纳，她的众多拙朴而温暖的插画，也已成为于尔克·舒比格作品不可分割的一部分。

2007年5月

无所事事的欢乐

《小熊维尼》这本书，我是在星期六的下午靠在床上看了一半，然后因为要外出，随即带到巴士上接着看。但凡以熊为主角的故事，往往是要让人思绪迟缓下来的。写过《当世界年纪还小的时候》的舒比格，就曾故意写过一个关于熊的冗长故事，在那个叫作《熊年》的故事末尾，去看望熊的小女孩哈欠连连，接下来有一句，“这故事没办法说，谁要一说，马上就会睡着，听的人也一样。”

手捧《小熊维尼》的我，当然还不至于睡着，只是觉得，似乎和之前所看到的其他的伟大童话有点不一样，但一时间亦无从辨别。直至翻到末章，小男孩罗宾和维尼熊一起走向森林顶端的魔法地，在路上，罗宾问维尼，“你在世界上最喜欢做的事情是什么？”维尼照旧做了一个笨小熊式的回答，然后罗宾自己说道，“我最喜欢无所事事。”

这句话一下子击中了我，整本书在眼前随即清明起来，只是，在下车以后，走在上海郊区安静开阔的林荫道上，我自己却神思恍惚了许久。因为想到了无所事事的小时候。

我一直羡慕那些提及童年便眉飞色舞地回忆起种种冒险和趣事的人，哪怕是惨痛，隔了多少年后回望，那也成了故事。而我自己，怎么想却都没有故事，只有一些无所事事的印象。比如一个人坐在院子里，用接上自来水的胶皮管远远地对准母亲堆放在角落的煤渣球，想象那是炮火倾泻在敌人的碉堡上，碉堡一个个粉碎，再被水冲进下水道；再比如把火柴盒里的火柴们一个个地编上号，放在床上，分成敌我两方厮杀，以至于父亲抽烟找火柴时，发现每根火柴都是断的（没断的属于精锐部队，已经被我藏起来了）。再或者，就是拿着爷爷的拐棍，当作奇门兵刃，整个一下午坐在那里杜撰侠客行。种种这些，倒真不是因为我自闭，只是因为，不是每个小孩子都可以随时找到另外的小孩子一起玩耍的，但做完功课后的小孩子，假如不用去做童工补贴家用的话，却是时时刻刻都处于无所事事当中。

“无所事事怎么做？”纳闷了好一会儿，维尼问道。

“就是当别人来叫你干什么时，你也正好想干什么，‘你有事吗，克里斯托弗·罗宾？’你回答道：‘哦，没事。’接着跟他去做那事儿了。”

这就是罗宾的，我也相信不仅仅是我的，真实的童年。假如我们都拥有小王子、彼得潘、康夫、小新、皮皮鲁……那样精彩有趣的童年，那时光该过得多么快啊！像一本书一样，一会儿就翻完了。但假如真的那样的话，我们又怎会在成年后的急管繁弦中一再感怀，童年的悠长竟每每有如永生！

我觉得，《小熊维尼》的真正伟大和独到之处，就在于捕捉到了这种童年的真实。在维尼的故事里，童年既非梦想也非寄托，而是小孩子们的现实。做一次平凡的远征，被想象中的长鼻怪吓得魂飞魄散，为驴子伊唷过一个简单的生日，在森林里四处串门，想让讨厌的人迷路结果自己迷路了……这样的童年，就像这本书的淡蓝色装帧给人的感觉，起先会以为有些过于素净，但最后却愿意一再地摩挲。因为童年真的就是这样无所事事，所以任何小事都可以产生欢乐。你看，他们正兴致勃勃地站在桥上，往水中扔小棍子，再赶紧跑到桥的另一侧，看谁的棍子先漂出桥洞。这是维尼发明的“噗噗棍”游戏。

然而，小男孩都要长大，森林、小熊维尼和其他动物们却要留在原来的时空里，这是一切童话故事都要面临的、最最无可奈何的问题。这本书最后的动人之处在于，作者并没有回避这个问题。小男孩罗宾和维尼小熊在森林的顶端伤感告别，他将要忙着应付很多很多事情。不过没关系，会有一个新的、无所事事的小男孩，重新站到维尼面前。

2007 年 9 月

小　书

读书的时候，除了狂啃恶补大部头的理论著作外，另一个乐趣就是搜集一些薄薄的小书。这些小书在书架上并不占地方，搬家的时候也是作为书箱里的补缺，哪里有空地就塞上两本。只是隔了些年后重新回望，发现诸多大部头书的印象只存留于读书笔记之中，但有不少小书，却是成为生命的一部分。

朱自清的《经典常谈》，里尔克的《给一个青年诗人的十封信》，卡尔维诺的《未来千年备忘录》，福斯特的《小说面面观》……它们仿佛是一些巍峨的群山印在大地上的影子，既是抵御骄阳的绝好休息地，又让大地上惫懒的路人借此可以感知到山的高度。这些小书曾经带给很多人非常大的喜悦。我有一个朋友就一次性买了很多本《给一个青年诗人的十封信》，用以送人，既便宜又贵重。

忆起这些，是因为最近又看到了张新颖老师的《读书这么好的事》。

这也是一本小书。2004 年初版时就曾看过，记得里面旁征博引了许多作家对于读书的见解，煞是好看。作者对本雅明一直心仪，后者曾有“用引文构成一本伟大著作”的心愿，相信作者也是心有戚戚。这次新版，算是一次重读。

谈到重读的感受，本书中有段现成的话，不妨抄来，“面对真正的好书，你会发现奇妙的事情：当你经过一个成长阶段之后，重新打开你过去读过的优秀篇章，这时，你不免有些惊讶——你看到了以前没有看到的新事物，体会到了以前没有体会到的新感受。你觉得，这本书仿佛在和你一起成长。或者更准确地说，真正的好书在等待着你成长，你每达到一个新的境界，它都会向你敞开新的智慧空间。”

对于我，这种新事物和新感受，是作者行文的素朴。2004 年时，我把这种素朴仅仅当作是中学生读物的必然写法，阅读的重心不自觉地是落在那些丰厚多姿的引文上面；但三年后，最打动我的，却正是引文以外的这种素朴。

作者不是一个文笔枯涩的人，他有着圈里圈外公认的丰润才情，而在他自述是“轻松愉快的状态下”的 2001 年春天，他却选择了一种寻常家语的方式来谈论最熟悉的题材——读书。这本书中处处可以见到他洗净铅华的努力，努力把事情说明白，努力把自己的生命体会诚实地传递出来。而正是在这个意义上，他让这本书开始接近我前面提到的那些伟大的小书。

“大地上的最后一所房子 / 就像是天空中的 / 第一颗星星。”

作者用里尔克的诗结束这组关于读书的漫谈，而所有能升上天空的房子，一定是些简单但温暖的小房子，就像一本打开的小书。

2007年9月

法兰西的鲜花

法国女作家，或许是热爱生活的缘故，往往高寿。杜拉斯，萨冈，尤瑟纳尔，留在我们印象里的，都是一张张被岁月蚀刻的无比丰富的脸。茜多尼·科莱特，这位法国 20 世纪上半叶公认最杰出的女作家，也是一样。《花事》的后面有一张她晚年七十几岁时的照片，老太太坐在轮椅上，一头棉花糖式的狂乱白发，右手支颐，面容松弛，但猞猁般的眼睛里，依旧是任光阴错转也难隐藏的锋芒。

这个当年勃艮第村庄里的乡下姑娘，十六岁时爱上了三十岁的巴黎作家维里，一个徒有虚名、依靠一批枪手写作的活动家。他娶了年轻的科莱特，把刚刚二十岁的科莱特，带进巴黎，带进了那个晃动着普鲁斯特、德彪西、法朗士身影的、世纪初的巴黎文艺圈。他是她写作天赋的发掘者，也是最无耻的剽窃者，科莱特最早的几部小说，都被冠上丈夫维里的名字出版，并畅销一时。

她隐忍了十三年，从二十岁到三十三岁，这些年的多数时间，她都仿佛被工头逼迫的矿工，不断地挖掘自己的童年记忆和想象，不停地写作一部部署上丈夫维里名字的小说。在《花事》里关于红茶花的一节里，她说，“我的青春要做别的事情而不是自我放纵，也就是说，它得努力，得学习，得自我压抑。”

终于有羽翼丰满的一刻，终于得以自由的生活。在那个离婚尚属于不名誉的时代，她不仅离婚，而且离了两次；她在红磨坊的舞台上半裸演出，和女演员在台上公开接吻；她开始一段又一段认真的爱情，背叛或者被背叛，和男人或者和女人，甚至和自己的继子；即便在成为母亲之后，她也依然故我。她要享受，享受蛹破成蝶后的华美世界。她要放纵，即便仅仅为了弥补那些黑暗中流失的青春。

花事里面，写了二十几种花，玫瑰，百合，铃兰，水仙，风信子，银莲花……每一种花，都配有一张可以撕下来当藏书票的精美插画，以及寥寥千余字令人唇口留香的描述。和我们常见的花草散文不同，科莱特的笔下，没有多少相关诗词、典故的堆砌，也没有俗滥的借景抒情，这些为了一个约定来到她桌上的鲜花，借了她的曼妙文字，又再次回到法兰西的土地上，回到庭院、大街以及森林里的孩子的手边。因为，那每一种花的花事，无论热烈喧嚣还是温柔幽静，无论寂寥寒冷还是灿烂明亮，在她漫长的、无数次盛开的一生里，都曾经历。她一直记得那些颜色、气息，以及各色花开时这个世界的回声。

“若说花事了，幸福知多少，你可领悟了。”那个尚在灿烂盛开季节的王菲曾经唱道。而无论领悟与否，幸福与否，冬去春来，科莱特爱过的那些鲜花，总还是会一年年地盛开。

2007年12月

奥非斯的《外星童话》

在《小王子》的题词里，圣埃克苏佩里把自己的书献给莱翁·维尔特——他在这个世界上最好的朋友，为了让小孩子们谅解他把这本童话献给了一个大人，他又把题献改了改："献给还是小男孩的莱翁·维尔特"。而在《外星童话》的扉页，年轻的台湾女作者奥非斯则把书献给"1988"，因为这是她最好的朋友选择离开人世的年份，她把这本拖拖拉拉写了五年、并初版于2004年的小书献给十六年前的岁月，献给那个尚还是高三女生的好朋友。原来那些逝去的岁月和生命，从来都不曾逝去。

《外星童话》不同于这个时代其他扮天真的成人童话，我愿意将它视为一本和《小王子》同样出色的幻想作品，这样的比附并非出自书评人和出版家合谋的廉价恭维，只是因为在跟随《外星童话》中的小女孩于各个奇妙星球漫游的过程中，我不止一次地想到那个在小行星间漫游的小王子，他们有着同样的、大人们所无法理解的孤寂与思考，并且，同样散发着一缕缕令人心碎的温暖与光明。

然而，我想，《外星童话》又注定是一本小众读物，因为在那些小女孩般干净清爽的想象文字背后，它力图展现的世界，却要比《小王子》复杂得多。和沧桑阅尽终归平淡的圣埃克苏佩里相比，热爱物理学并最终选择哲学系的奥非斯，更像一个年轻而勇敢的探险家，她把对世界、时间、记忆等等存在于每个严肃心灵深处的诸多抽象思考，变幻作外太空中一颗颗有生命的具象星球。因此，卡尔维诺的《宇宙连环画》——一本被名作家厄普代克称作“完美的梦”的幻想短篇集，相信也是奥非斯心中“完美的梦”，因为在这两本书中，那种力图用绚烂的想象力和丰厚的知识储备，把脆弱且短暂的人生尽情投掷到整个浩瀚无垠宇宙中的努力，是相通的。

这本书里每个小星球的故事，我都很喜欢，但在我看来，最动人的，是最后一篇“Oblivion”。这篇谈论的不再是某个星球，而是某个宇宙，某个经历了两亿四千六百万次生成与消灭、如今正在不断收缩的宇宙。收缩宇宙的时间是倒退的，具体场景，想象一下录像带倒带就可以了：每个人从死亡开始，越来越年轻，最后回到母亲的子宫；恋人们因为失恋悲伤，但不久就会回到初见面的那一刻；总之是一个万物从有开始，终归于无的世界。在这个不断收缩的宇宙中，很多科学家忧心忡忡，但还有很多人却满心期待着“倒退的时间带走他们的记忆与包袱，把他们带回某一年的夏天，青涩的与人相识，现在失去的又都将再回来……”

这真是个美好的世界。

末了，还必须要说一下这本书的装帧。这是我见过的最奇妙的图书装帧：假如你从前往后匆匆地翻书，你看到的只是蓝天白云般的空白页；假如你从后往前翻呢，你能看到文字和图画，但都不完整；你必须一页页细细地翻开，就像你必须认真地去面对天地万物那样，那一个个小星球，才能慢慢展现在你面前。

2008 年 9 月

请继续给我多写点信

从容写信的艺术如今是越来越难见到了。前几年谷林先生出版《书简三叠》，扬之水私下便赞道，这是中国最后的信。这当然不是说现在就没人写信，相反，网络时代人们写信和收信的频率和数量，其实是大大提高了，比如说我的雅虎信箱里就存着两千多封信，还仅仅是最近三四年时间里的。只不过，它们绝大多数都是事务性的往来，简短，直接，从中看不到写信人的神情，看不到生活的痕迹。假若用周作人自编书信集时的选录标准，“只取其少少有点感情有点事实，文句无大疵谬的便行，其办理公务，或雌黄人物者悉不录”，相信很多人和我一样，能入选的信件，实在少得可怜。

但我不太喜欢仅仅用高科技来解释并哀叹书信的没落，这样归诸外因的思考方式，永远无益于我们自身的丰富。我相信只要文字依旧存在，大多数人的生命中必然仍会有一个渴望用文字来表达、倾诉，交流以及聆听的阶段，即便未来的一千年也是如此。“醒来，读书，写长长的信，在林荫路上不停地徘徊”，只要里尔克的这番描述依旧能打动人，就会有新的信件出现，只是它的载体不断变得丰富，可能是纸张，但更多的会是电邮、手机短信，甚至论坛回帖和博客。

只不过，这样的热情更多总是会出现在年轻的时候，出现在对生活充满好奇心却相对孤独的年龄，当一个人慢慢老去，热情会消褪，向外扩张的心会渐渐收拢。于是，“不好谒人贪客过，惯迟作答爱书来”，这原是旧时中年人的心境，但超常忙碌的现代都市人却更为迅速地感知到它。而唯有在这种情境下，现代通讯技术的丰富才开始对书信产生影响。因为，无论一个人多么懈怠，他和外界总还存在诸多事务性的沟通，但现代通讯技术的发达可以让事务性沟通与情感交流相脱离，让社会人单纯而简捷的事务性沟通成为可能，于是，一个悖论便出现了——人们之间的交流方式愈多愈快捷，反倒愈发加速了内心渐渐的沉默。作为对照，在过去很长一段时间里，情感交流和事务沟通是被迫结合在同一种古老的通讯方式中的，铺开一张纸，即便是向陌生人交代一件事，至少也要凑满八行书吧，而且信件往来又慢，既然写了，总归会想想是不是有更多的话要一起说。就是这样简单而实际的限制，让那些对自己生活的私人讲述自然成为书信叙述中必备的润滑剂，和事务性的沟通融合在一起，构成了过往实用而日常的书信艺术。

E.B. 怀特的书信集最近有了中文版，让我们再次得以领略这种书信艺术的美妙魔力。这本《最美的决定》要比怀特那些家喻户晓的随笔和童话都厚，却只是其英文原版的节选，从他30岁那年选起。而立之后的怀特，写信自然更多源于日常事务性沟通的现实需求，有不少信是写给他的出版编辑厄苏拉的。“请继续给我多写点信”，在一封短笺里怀特请求厄苏拉，接下来，作为报答，他绘声绘色讲述了他去小镇买羊的事情。买羊和出版书稿有关系吗？讲究效率的当代写信人或许会疑惑万分，但在怀特的时代，这样的问题是荒唐的。

“请继续给我多写点信。”这句话透露出一个秘密，即便笔力灵动如怀特，也不可能一个人来唱书信的独角戏。写信原本是一件类似礼物交换的行为，用事务交换事务，用生活交换生活，一个从不送人礼物的人，没有资格抱怨礼仪的丧失。

2009年9月

爱就是穿越不幸

波兰女诗人辛波斯卡有一次提起安徒生，她说："和很多人一样，安徒生写这个世界如何残酷，人的命运苦痛不堪；和很多人不一样，他写给孩子看。"在这些残酷和苦痛不堪中，就有小美人鱼的身影。和很多人一样，安徒生写美人鱼和人类的相遇；和很多人不一样，他让美人鱼从谜一样的海水中走出来，向着大地还有天空。

在《海的女儿》之前，安徒生曾经写过一个关于人鱼的诗剧《安妮特和人鱼男子》，改编自一个在欧洲许多地方流传的古老故事，说的是一个名叫安妮特的妇女遇见一个人鱼男子，并随他一起来到海底，幸福地生活了八年，生了七个孩子，有一天，她坐着哄最小的孩子入睡，听到了地面上传来教堂的钟声，思乡之心遂难以收拾，便离开了丈夫和孩子，回到了人间，皈依教会和上帝，但她最后仍渴望重返深海，并死在通往大海的岩石中间。

即便从今天看来，这个剧作也是失败的，虽然安徒生对此倾注了大量心血。造成失败的因素有很多，但最重要的原因可能是，年轻的安徒生此时还没有从古希腊以来的海妖故事传统中找到独独属于他自己的东西。在荷马和柏拉图的著作中，海妖意味着绝对的美和知识，她们帮助凡人走进永恒美的国度，代价则是死亡；在中世纪，海妖则更多意味着财富和肉欲的诱惑，同样是致人死命的；而到了文艺复兴之后，无论是但丁、彼特拉克，还是海涅的《洛蕾莱》，以及福凯的《乌迪娜》，海妖的形象虽然已经健康清新不少，有时也会化身为缪斯，但总之，海中生物和她们现身的大海一起，依旧代表着对人类来说最致命的诱惑，这也是过往海妖叙事传统的基本主题。

《安妮特和人鱼男子》没有从这个基本主题中摆脱出来，但几年之后，当二十九岁的安徒生从芭蕾舞演员、歌唱家以及诗人的迷梦中醒来，开始为孩子们撰写童话，当他试着从小孩子的眼光重新审视人鱼的传说，一切旋即都变了。

小美人鱼故事的主题不再是诱惑与死亡，而是爱和永恒。对小美人鱼而言，爱意味着双重的幸福或者双重的不幸，获得爱，同时就可以分有不灭的灵魂，而失去爱，同时也意味着立刻化作泡沫。但究竟什么是爱？爱仅仅是向外如索取金苹果般索取的一份承诺吗？不，那样的爱同诱惑并无两样。

在那个十五岁的贞洁又柔弱的小女孩那里，爱是每天游很远的路去看一个人，爱是行走于尖刃；爱是有勇气放弃最美好的自己，是忽然就不会说话了；爱是将锋利的匕首扔进大海，等待毁灭的那一刻。

对安徒生而言，爱就是穿越不幸，是一种纯然属己的行动。小美人鱼最后被天空的女儿接走，所谓不灭的灵魂抑或永恒，可以依靠高于自身的外在力量（对于人鱼就是人类，对于人类就是上帝）来获得，这是神学；但同时竟然也可以通过自身爱的行为来争取到，这才是哲学，也正是小美人鱼超越之前所有海中生物的地方。也正因为如此，晚年的安徒生才能那样自信地讲到，小美人鱼纯粹出自他自己的创造。

好些年前，曾经有一个女孩子非常迷恋小美人鱼的故事，并轻轻地讲给我听。她对我说，希望有一天，可以一起去哥本哈根并肩看小美人鱼。很多年过去了。我没有再见过她。直到有一天，哥本哈根的那尊小美人鱼雕塑来到我居住的城市，让我恍然，当年那个女孩，在去爱的那一刻，是多么勇敢。

2010 年 6 月

文学是写可珍重的东西

1978 年 8 月，胡兰成为三三诸君撰写《文学的使命》一文，里面讲到朱天心，“再过几年，朱天心在北一女的那些同学都就职的就职，结婚的结婚了，又若干年后开起同学会来，见了面个个变得俗气与漠然，这时你对变得这样庸庸碌碌的昔年同学，你又将如何写法？这不是一句‘往事如梦’可以了得。以前你曾与她们是同生同死的，现在她们不同了，而你还是昔日的你，你今日拿旁观者的态度看她们吗？但她们虽变得漠然了，她们的身上亦还有着你自己。你是如同神，看着现实的她们，也看着你自己吗？……《方舟上的日子》与《击壤歌》是永生的，但今你已不能再像从前的与她们玩了。昔年的男孩子也是一样，他们也不能再与你玩了。以前是大家都年纪小，大家都与天同在，与神同在，所以你与那些女孩子男孩子如同一人，而今是离开了神，只有你与这些人们。以前你是不知不觉中都是写的神的示现，神的言语，而现在你是用的什么言语，写的什么现象呢？”

彼时的朱天心说她每读每心生恐惧，完全无能为力回答。三年之后，胡兰成逝世。

1996 年 12 月，朱天心完成《古都》，以其一往无前淋漓充沛的第二人称叙述文体，震惊两岸，被评论界誉作 20 世纪台湾文学的重要经典，然其本意，其优长以及绵绵不绝的动人之处，不过都源自对昔日老师加持的念念不忘和一再呼应。

《古都》是经得起一再重读的书，也唯有在重读中，才能抛却初读时的不适，忘记自己在读一本小说，随之忘记关于小说的种种互相矛盾互相掐架的美学标准，心平气和地听从作者安排，比如置身于一场言语文字的浩荡风中。“今人以为理论文不可是文学，这个观念先要改变。再则以为小说是无责任的写实，这个观念也要改变。文学是写可珍重的东西。”当年老师的话之于朱天心依旧如刀刃新发于硎。那些可珍重的东西，在现代小说诞生之前就已经存在，并被表达，在小说之后也同样如此，这种表达，我们称之为风，或者称之为文学，重读《古都》，就是感受这风从四面八方向自己吹来。

对于今天的中国，《古都》甚至是一本可以每年都重版一次的小说，因为它所愤懑所悲凉所痛斥所讥讽的，那种“不管以何为名（通常是繁荣进步偶或间以希望快乐）不打算保存人们生活痕迹”的发展韬略，那种仿佛“只打算暂时落脚随时走人似”的执政方针，不是依旧分分秒秒地发生在我们周围吗？梁林故居在龙年到来之际被拆，有人在网上发帖称“北京死了”，但这样的死亡其实早已遍布九百六十万平方公里的土地，没有尸骸，没有痕迹，甚至没有过往，“过往很像那些被移植或砍掉的茄冬和枫香”，它们被高速公路被高楼大厦被高尚宅邸替代，但我们的记忆和生命却一天天矮下去，会孕育出小矮人一般的下一代吗？

倘若《古都》仅仅是写了这样一个世界的没落，仅仅是发一些悲凉，它还不值得我们如此珍重。《古都》的好，更在于写出了作者心中的珍重之物，写出了“一个清平世界的秩序”，以及“文明的古老的记忆”，这秩序和记忆，借助朱天心的强悍，留在无法拆毁的文字中，是日后新时代的底样。是，古都。

2012 年 2 月

好童话是孩子讲给大人听的

《巴黎评论》曾经采访过 E.B. 怀特，问他：“写像《夏洛的网》和《精灵鼠小弟》这样的儿童故事需要换挡变位吗？您的写作有没有针对某个特定年龄群的读者？”怀特回答道：“任何人若有意识地去写给小孩看的东西，那都是在浪费时间。你应该往深了写，而不是往浅了写。孩子的要求是很高的。他们是地球上最认真、最好奇、最热情、最有观察力、最敏感、最灵敏，且一般来说最容易相处的读者。只要你的创作态度是真实的，是无所畏惧的，是澄澈的，他们便会接受你奉上的一切东西。”这段访谈我好些年前看到，一直记得，以为其中讲出了有关童话写作的某种真相。我觉得每个尝试写作童话故事的人，都应该反反复复地把这段话认真记在心里，很多人正因为不懂得这段话，所以成了儿童文学作家，而像怀特、圣埃克苏佩里、詹姆斯·巴里、安徒生、王尔德、刘易斯·卡罗尔等许许多多人，因为懂得这段话，所以就只能是作家。

我喜欢收集美好的童话书，但对我而言，不存在儿童文学，只存在文学，不存在儿童文学作家，只存在作家。好的童话，不是大人放低了身段来写给懵懂无知的小孩看的，相反，无一例外，都是孩子讲给大人听的。

《小王子》就是圣埃克苏佩里讲给莱翁·维尔特这个大人听的，为了让同时也读到这本书的小孩子谅解他把这本童话献给了一个大人，他又把题献改了改："献给还是小男孩的莱翁·维尔特"。写《纳尼亚传奇》的 C.S. 刘易斯讲过，不存在什么特殊的儿童趣味，而仅仅存在人类持久普通的趣味，只不过这种趣味在人们年长之后，由于文学时尚的影响而暂时萎缩了。因此，与其说童话作者要拥有童心，不如说，在他们身上，一直要保存着那种属于人类的持久普通的趣味，这种趣味不仅没有因为他们长大而萎缩，还被一束新的反思的光线所照耀。在这个意义上，那些写出伟大童话和幻想故事的作者都是人类的孩子，他们关心的问题，诸如正义和邪恶，爱与美，得到和失去，是人类普遍和永久的问题；他们诉诸的语调，也是孩子式的干净明朗和直截了当。相应的，他们不会把成人世界里特有的某些扭曲情感带到童话写作中来，这不是因为孩子不能承受那些扭曲的情感，而仅仅因为在人类的孩子那里，这些扭曲的情感并没有大人们想象得那么重要。

而童话的真正读者，是大人。这一方面可以看成是对 E.B. 怀特那番话的引申，即要把读者当作富有思考力、同情心并习惯挑刺的成熟受众，是要把故事的内核往深了写而不是往浅了写；另一方面，事实上，需要童话尤其需要伟大童话的，永远是大人。大人需要童话来唤回一些失去之物，这些东西，当他们是小孩子的时候都曾经有过；而孩子本身就在童话之中，正如水在水中，孩子天生可以与一切无生命的东西对话、戏耍，仿佛它们是有生命的。我有时会惊讶于孩童类似猛兽一般的阅读胃口，他们对垃圾与杰作同样吸收，因为他们自己早已是创造者，需要的仅仅是一些聊供选用的素材，一个堪作演出的舞台。

此外，能够流传的童话永远是通过讲和听来完成的。它因此需要用词的简练、故事的单纯和感情的明澈，这些看似平凡的品质结合在一起，最终却熔铸成某种深沉邃密之物，让一个好童话在千百次的辗转磨损之后，依旧崭新。

翁贝托·埃科的《矮人星上的矮人》，我相信会是这好童话序列中新的一员。书中收集了三个故事，《炸弹和将军》中的原子们，在将军发动战争的前夜，偷偷从炸弹中溜走；《三个宇航员》中心思各异的宇航员们，在火星上遭遇一个长鼻六手的绿色怪物，最后共同成为朋友；《矮人星上的矮人》讲述的，则是一个来到矮人星的地球探险家，他借着矮人星上的矮人们的眼睛，发现自己企图传播的地球文明，实质上有多么糟糕。这些故事非常简短，甚至有些笨拙，但其中透射出一种难以忘却的声音，它不属于为我们熟知的那个谙熟中世纪和符号学迷宫的

博学长者，而是属于人类的孩子。

从前有一个原子……世界充满了原子／一切都是由原子构成的／原子非常微小／它们结合在一起／就组成了分子／而分子结合在一起／就形成了我们所知道的一切／妈妈是由原子构成的／牛奶是由原子构成的／女人是由原子构成的／空气是由原子构成的／火是由原子构成的／我们所有的人都是由原子构成的／当原子们和谐地待在一起的时候／一切都很完美／生命就是基于这种完美／但当原子被分裂……原子的各个部分就会去攻击别的原子／那些原子又再去攻击其他原子／如此下去……会发生可怕的大爆炸！这就是原子的死亡

我们的原子非常伤心，因为它被放到了一颗原子弹里面／它和其他原子一起／等待着／投掷炸弹的那一天／那时候，它们会粉身碎骨／并摧毁一切／正是由于它们／一场浩劫将会降临／许多孩子会死去／还有许多妈妈／许多小猫／许多小羊／许多小鸟／总之，所有的一切……所以／它们决定背叛将军／一天夜里／它们悄无声息地／爬出了炸弹／藏到了地窖里面

一场原子战争即将开始……可是／当炸弹落下来／根本

没有爆炸 / 它们里面空空如也！为躲开危险而欣喜的人们 /（对此他们简直难以置信）/ 把炸弹捡回来做成了花瓶 / 就这样，大家都意识到 / 没有了炸弹的生活会更加美好 / 于是他们决定 / 不再进行战争 / 母亲们尤其高兴 / 父亲们也是如此 / 应该说，所有人都非常高兴

习惯《玫瑰之名》和《傅科摆》的大人们，会对这样的叙事有些失望，不就是呼唤世界和平的反战寓言嘛，世界和平实在不是个足够新鲜的话题，除了作为篮球明星的奇怪姓氏。大人们喜欢埋首于一些谁也不明白的文字，又喜欢把书哗啦哗啦翻到末页偷看结局然后丢下一句不过如此，所以，要罚他们给小孩子读童话，从谁都明白的文字中，醒悟一些翻到最后一页也找不出来的道理。

从上述《炸弹和将军》的引文中，我们可以感知到物理学的存在，世界和人的构成及运动，被如此清澈洗练地概括成触手可及的生动形象，这种能力，似易实难；并且，物理学在这里和伦理学悄然结合，因为，人和万物一样，都是由原子构成的，埃科把爬出炸弹的权利交给了原子，其实是悄悄地把战争的决定权交到了我们每个人手上，于是，人的自由与否最终只取决于自身。而战争，作为一个符号，它的指代对象原本不是和它等值的，是光荣还是浩劫，其意义往往取决于解释者，是在“如果……那么”的经验模式中慢慢推演出来的，在埃科的

故事中，人们正是通过意识到“如果没有了炸弹，生活会更加美好”的笨拙方式，来决定不再进行战争。我仿佛又记起了作为符号学大师的埃科，并记起他在《符号学与语言哲学》前言里所说的话，“如果不明白洛克在《人类理解论》最后一章所说的人类的全部认识范围都可化为物理学、伦理学和符号学，那么就无法理解洛克”，同样，如果不明白那些由人类之子撰写的杰出童话，都在各自试图努力触及人类的全部认识范围，作为大人，我们就还是失败的读者。

2012 年 12 月

平如美棠

我读《平如美棠》，先是觉得饶平如的文字非常之好。

我喜欢看他写少年时江西南城普通人家的生活，真切，细微，难得又从容简净。比如写八岁时的发蒙仪式，“礼毕，客厅的一旁早已备下酒水肴馔，现炒几个家常小菜，饭菜的热气好像是专为了要将方才的肃穆消融才有的。吃完，先生便牵起我的手去上小学。走过寂静巷子的时候，天边晓色初绽，清晨清得凛冽”；写年夜饭时的声色气息，“我们和舅舅舅妈等人在正厅后边摆一张大圆桌吃。十舅会把一块红烧肉夹到我碗里，一面说：‘平儿吃呀！这是大块文章。’原来李白有‘阳春召我以烟景，大块假我以文章’，‘大块’原指大地，这里则戏指大块红烧肉也。吃了‘大块文章’，对面十舅母起身挑起一长串粉丝也送到我碗里，一面说：‘平儿呀！要常（长）来常（长）往呀！’”。

他写夏日帮父亲晒书，“小孩子不懂行，只知道书是这世间的好东西。拓片也都很大，要展开再展开，方看见白底黑字，岳飞的大字就暴露在晴朗日光下——那是‘还我河山’”；写十六岁时在太平桥头所见风景，“忽然抬眼望去，看傍晚的天光瞬息幻变，从姑山就静矗在这旖旎的绯红色流光中。又低头看脚下桥墩的尖角，只觉好像轮船削尖的船头一般，上游的江水挟着草木的碎屑滚滚而下，至此则被劈开为二，随后打了几个漩涡，终于涣涣地去了下游。我看得神迷，就在这晦暗不定的天色里起了人生世界之思。其实也不过是常见的少年情志，却让我始终记得了这日”；那是1937年，他随后写七十载人生之后的重返此地，我很怕看到诸如“面目全非美景难再”之类的感怀，但他没有，只是说，“山形依旧，流水澹澹，江月年年，星汉灿烂，原都不是为了要衬得人世无常的”。

这又是他的人好，有静气和贵气，所以能见到万物纷乱中的安宁。

书里印有他和妻子的照片，我看老太太的样子确是有点凶的，但碰到了他，是风雷总被海收去，因他是懂得爱惜与珍重的人。而她呢，也配得上这份爱惜和珍重。1958年他被判劳教，她不离不弃，倘若没有老人孩子，或许，她也会像十二月党人的妻子一般，毫不犹豫地追随左右吧。这未必是我们今天所说的爱情，只是一种忠贞，它源自这一代人幼年时镌刻下的记忆，就像他始终记得的母亲所言拧毛巾时男女各异的手法，这记忆里，尚有张爱玲思之泪落的“天真纯洁的，光整的社会秩序”。爱，不过是化在了这样的旧秩序里，成为血液的一部分，才得以不管不顾外界的变迁，永不止息。

2013 年 7 月

“那么，非洲会唱我的歌吗？”

在电影《走出非洲》的开头，年迈的卡伦坐在丹麦尤斯特兹城老房子的打字机前，写她的故事。她说：“我已经写了所有其他人，并非我不够爱他们，而是他们较清楚，较容易写。”是的，有两样东西是写作者永远也写不完写不清楚的，一个是他们自身，一个是他们深爱之物，为了写出这两样东西，他们不得已先要写出整个世界。

被同名电影打动的人，在阅读《走出非洲》这本书的时候，一定会很惊讶，原来这不是一部爱情小说。初看上去，它像是一部非洲题材的随笔集。她写非洲高原的壮美景致，“在这样的景色以及这里的生活中，最使人难忘的便是天空。当你回首在非洲高原度过的日日夜夜，一种感觉倏然而过：自己恍若曾一度生活在空中。天空不是浅蓝色，便是紫罗兰色。”；写动静适宜的野生动物，“没有一种家畜能像野生动物那样静如处子。开化的人们已经失去了静谧的天性，他们只有向野生动物学习，补上这个空白，才能为其接受”；写土著天性里的顺从与高贵，“吉库尤人惯于承受不测之事，对意外变故习以为常，泰然处之。他们与白人不同，绝大部分白人都竭力逃避未来的厄运。黑人对命运女神十分友善，安于一辈子在她手心里。在某种意义上，命运女神是他的家——茅屋里那熟悉的黑暗的、他扎根的深坑。对于生活中的任何变化，他镇定自若”……

在这本书篇幅过半的时候，我们才看见戴尼斯的名字，那个在非洲大陆游荡的英国狩猎者和探险家，她深爱的人。她没有仔细叙述他们是如何开始的，也没有去过多渲染他们的爱情，她只是淡淡地、不分先后地记述，在一起的点滴，就像一个人回忆最幸福的日子，它渗透进此后的生命，以至于无法成为一个单独的故事，像河流渗透进土壤。

因此，你可以说好莱坞是庸俗的，从一份写给非洲大陆的挽歌里只抽取赚人眼泪的爱情故事拍成电影，但你也可以说好莱坞是敏感的，因为正是有这样一份深沉感情的存在，让这本书迥异于其他异域题材的旅行记或见闻录。我们实在见多了那些急匆匆地扮演记者和人类学家的观光客，他们在异域贪婪地捕捉一切新奇的人事，心里盘算着如何分析、判断和表达，唯独没想过把自身投入其中，静静地生活片刻。

在村上春树的《1Q84》第三卷中，男主人公天吾坐在病床前给父亲读书，读的就是《走出非洲》里我很喜欢的一个段落，它讲述的是可爱雨季的到来，和认真生活过并渴求被赐福的生命。

雨季后的几个月里，那凉爽无云之日，令人回想起大旱的灾年。在那些日子里，吉库尤人常把他们的牛放在我房子周围吃草。他们中有一个男孩，随身带着笛子，时不时地吹奏短曲。当我又一次听到这种曲调，不由记起过去的某一时刻——痛苦与绝望交织的时刻，泪水渗着咸味的时刻。可同时，我又在这笛声之中惊喜地听到一支充满活力、格外甜蜜的歌。莫非是那些艰难岁月蕴含着这活力和这甜蜜么？那时，我们都正年轻，洋溢着满满希望。恰恰是在那些漫长的时日里，我们所有的人融成一个整体。将来就是到了另一个星球上，我们互相都能认出来。那里万物都互相呼唤：自鸣钟和我的书本在呼唤，草地上瘦骨嶙峋的牛群和哀伤的吉库尤老人在呼唤：'你当年也在那里，你也是恩戈庄园的一部分。'那个灾年终于赐福于我们，又流逝而去。

也唯有如此，写作才能成为一种赐福，而不是炫耀抑或消耗。过往的生命，如是得以净化，并转化成充满活力和甜蜜的歌。卡伦·布里克森在书中问："如果我会唱非洲的歌，那么，非洲会唱我的歌吗？"会的。自从这本书问世以来，非洲就一直在唱一首她的歌。

2013 年 8 月

纸上的爱

文字时常是不可靠的，尤其对写作的人而言；情书则时常是更不可靠的，比方说对恋爱过的人而言。

因为恋爱会消失，而文字中有虚妄。在这一点上，艺术家与凡人无异。

然而，在萧伯纳和爱兰·黛丽之间所发生的，长达三十年的情书往来，却验证了另外一个事实，即，先有杰出的人的存在，然后才有值得珍重的事情发生。

他们开始通信的时候，都已是声誉卓著的中年人，洞晓人类和自身的弱点，却每每怀着同情和怜悯；不愿成为情欲的奴隶，却也不曾惧怕过爱情的到来。但爱情对他们两人来说，不是焚烧一切的山林烈火，而是涓涓不息的流水，他们隔水而望，隔水而行，彼此温柔相待，彼此节制。在他们通信最为热烈的那几年，他们的寓所虽然距离很近，却从来不曾私下秘密会过面，他唯有一次接触过她，是在他的剧作《布拉斯庞德上尉的转变》演出的第一夜，他在仪式上吻了她的手，那是他第一次不是从观众席上遥望，而是面对面地见到她。但也仅此而已。自始至终，他们只通过不可靠的文字相互表白、倾诉，却留下了一段最为可靠的感情。在萧伯纳与爱兰·黛丽的爱情故事中，不曾有清晰可辨的高潮和结局，它就像河水一样，只是一直静静流淌下去，直到被突如其来的海洋打断。

他们携手创造了一个奇迹，证明爱情中最好的东西，可以存在于纸上。多年后萧伯纳给自己的这本情书集作序，他在序言里说："有人也许埋怨说这一切都是纸上的；让他们记住：人类只有在纸上才会创造光荣、美丽、真理、知识、美德和永恒的爱。"

在 1918 年，当爱兰·黛丽已经七十岁而萧伯纳也已六十一岁的时候，他写信给她说："在我的心坎里没有一个女人可以代替你的位置。我以往对你说过的一切最轻佻、最放荡的话，现在依然有效，我一句也不收回。我是无可救药的。"

2013 年 8 月

爱与同情

爱，以及对弱小生命不可遏止的同情，这两种基本而强烈的激情支配着文珍的全部小说。同时，似乎也正是这两种激情之间的相互缠绕，以及冲突，构成了文珍小说书写最为特别的部分。

文珍熟谙的是单纯又秘密的爱，就像她写过的花生。“花生最古怪的脾气，就是一定要在黑暗的环境里，它的果实才能长大；如果暴露在有光的空气中，它就不结果。”当她写到这样的爱，笔调就从容有力，那黑暗深处的幽微炽热就如花瓣层层回卷又如海浪一般阵阵涌来。比如《第八日》里的顾采采，《果子酱》里的舞者萨拉，我们对她们的爱慕对象其实所知甚少，甚至她们自己也不明了，他或许只是一个空洞模糊的存在，恰好因为空洞模糊，才可以寄放她们强烈的爱。然而，倘若这单纯、秘密又强烈的爱有幸得到回应，付诸实现，其结果，恐怕只是未完成的花生“暴露在有光的空气中，它就不结果”。《北京爱情故事》里的旷男怨女，他们以为是在不可阻挠地秘密地爱着，然而当他们一起跳上火车，故事就必须结束，否则，其后来的发展兴许就成了《银河》里半途而废的私奔者。那些渴望中的爱一旦变成需要彼此完成的爱，文珍就有些悲观，她安排《我们夜里在美术馆谈恋爱》中的“我”执意离去，仿佛“我”只有离开“你”，才会深爱“你”；她安排《气味之城》中的“她”从婚姻之城中不辞而别，徒留无数的气味流连。

她的悲观，源自她在对于爱者的明火执仗的迷恋中所深藏的、个人对于那个被爱者的极高要求。那些她目睹到的被爱者，多少都配不上这样强烈的爱。

但另一方面，在她迄今为止的两部小说集中，那些深陷在爱里面的女主人公其实又都不是特别地爱自己，她也绝不会仅仅从自己的角度去打量世界。这很大程度上，已经使她摆脱了很多文学写作者难以摆脱的自恋自得。她一直企图写出弱小自我之外的那些同样弱小的他者，怀着爱和同情。但是，在爱与同情这两种人类基本情感之间，又有一些微妙的差异或许是文珍所不经意的。比如，一个人尽可以对一切卑微和被损害者表达同情，但一个人最终只能爱自己的同类或比自己更好的事物。爱是一架向上的阶梯，是内心升腾而起的火焰；而同情则是俯身向下的，是眼中滴落的泪水。进而，爱是一种由他者引发但在自我这里能够得到决断的行为，虽然这种决断时常意味着一种他者无法领会的自我牺牲和个性泯灭；同情则相反，它是从自我出发，却必须在不可控制的他者那里得以落脚的意愿，以至于不可避免地要在他者那里深深烙下自我的印痕而不自知。

文珍养猫，并写过一篇关于流浪猫的短文。她说，她在单位院子里喂养过一只流浪猫很久，后来这只叫作小黄的流浪猫怀孕了，生了四只小猫，结果招致单位里厌猫者的痛恨，为了确保小猫的安全，她和同事中的其他爱猫人一起，费心为这几只小猫找到了领养者。到了要带走小猫的那一刻，文珍写道，"此前任凭我们翻天覆地，你并不过多干涉，只是远远看着，并不对我们哈气龇牙：或许你以为这场搜捕只是某种游戏。抓小猫的这些人，正是平日里和自己最要好的。小黄，你总是如此天真地爱着人类，你不相信照顾了自己一年多的人会当真对小猫怎么样"，最后，还是在小黄的帮助下，这些爱猫人终于顺利地将小猫们一个个装进了笼子里，送走。她们当时觉得自己做了一件好事，但小黄却从此失踪了，在院子里游魂般找了整整一个星期她的孩子未果之后。

"如此天真地爱着"的，其实一直不是猫或其他弱小的生命，一直是文珍。

在面对比她更为弱小的他者之时，她时常会分不清爱与同情，她时常想向万物都倾注爱，但实际有能力给予的，往往只是同情，只能是同情。

如果一个人爱一只猫，他会首先迫使自己学着以猫的方式去思考，以另一种超乎自己评估体系内的方式；如果一个人同情一只猫，他会想好好地照顾和怜惜它，以人类的方式，以他自己熟悉的方式。

这么硬性的区分当然已经苛刻到不讲道理，又或许用爱和同情这样简单的名词去剖判人类无尽细微的复杂情感，这本就是一种虚妄。C.S. 刘易斯区分四种爱，茨威格分辨两种同情，而或许在福音书的圣者那里这些被细加厘清的情感又将再度融为一体。但无论怎样，这种姑且的区分依旧可以看作一条审视文珍小说世界的权宜路径，就像我们在林中行走，而走过的路又在我们身后消失。

2015 年 6 月

有条件的欢乐原理

看完《疯狂动物城》，再看过各种媒体上近乎癫狂的赞美和如数家珍的解读，我几乎觉得这该是一部儿童不宜的影片了。因为，它只满足了成人世界的种种欲望，诸如最新最完善的技术奇观，对政治社会的隐喻影射，对经典电影的致敬回忆，对各种时尚文化的调侃恶搞，小人物奋斗成功的美国梦，等等，却没有办法回答一个孩童式的基本问题，即，肉食动物吃什么？总不能顿顿吃甜甜圈和冰激凌吧。

肉食动物吃什么？这并非一个类似为什么电影里的人都不定时排泄之类的无厘头问题，而是直接关乎这部影片的基本架设。电影里的动物托邦，依旧设定一条基本冲突，即草食动物和肉食动物之间的冲突，但凡“午夜嚎叫”、狐狸的童年阴影，羊副市长的阴谋，都与此冲突有关，而既然将动物分为草食和肉食，那么肉食动物的食物构成，就是一个自然而然呼之欲出的问题。一种可能性的答案是，由动物干细胞培养出来的基因肉，那么接下来的问题会是，哪种动物的干细胞？因为既然是一个全体动物都参与的动物托邦，那么不管是用哪一种动物为食，即便是干细胞，依旧会引发伦理争议和恐慌。因此基因肉的解决方案依旧不完美，接下来有两种选择，一种是改吃植物，但如此一来肉食之名就不成立了；另一种选择，也是最为可行的选择（虽然有些可怕），就是吃人，因为人是这个动物托邦里似乎唯一缺席的动物。可以想象在一个生物文明高度发达的时空段里，人因为自身的孱弱和愚蠢已经沦为一种为全体文明生物提供肉食的主要牲畜。

切斯特顿曾总结过童话世界的伦理，其中有一条他称之为“有条件的欢乐原理”。在那个世界中，“要得到那一切令人目眩而又无与伦比的东西，你得遵从一个小小的规条”。比如灰姑娘一定要在晚上十二点前离开舞会，比如睡美人只有得到王子亲吻才能醒来。这规条具体的构成可以是任意的，难以理解的，却并非无序，它强调律令与幸福之间的、可以被理解的联系。

但《疯狂动物城》的欢乐原理，却不在于要遵从什么外在的律令，而是要忘记一点什么。既要认可肉食和草食的差别又要忘记食物链的存在，对此闭目塞听，与其说是这动物托邦得以存在的前提，不如说，是我们从中得到欢乐的条件。这，是成人世界的欢乐原理。

有人或许会说，这太苛刻了。但这么说的人，或许之前曾以更为苛刻的态度去指责过《美人鱼》，指责它与现实的脱节、指责它种种的不合常理，指责它的情感模式和环保企图，指责它里面各种不新鲜的老梗，甚至指责邓超不像周星驰……然而，他们就没有想过，这些来自成人世界的指责，对于《美人鱼》可能是无效的，因为周星驰拍的，是一部简简单单的童话，也就是说，给尚且还有希望的小孩子和有赤子之心的大人看的童话。他要强调的是，欢乐是一种和想象力相仿的能力，我们可以随时起用这种能力，冲着一切自觉可笑之物发笑，甚至冲着苦难和恐惧发笑，笑声中没有政治正确，但有其可以自洽的逻辑关系。重要的不是在强弱分明的实体面前或仰或俯，而是认识到万物的平等与相互关联。他邀请我们进入这个被笑声震碎的世界，看看还能剩下点什么最珍贵的。他重复一切老童话里的律令：倘若要获得爱的欢乐，就要相信奇迹的存在，就要不畏惧牺牲。

围绕在《疯狂动物城》和《美人鱼》之间发生的冲突，是两个世界的冲突。成人世界一切皆有可能，只要你学会在恰当的时候恰当地忘记某些东西；而童话世界处处险阻不堪，通往幸福的道路只有一条，你随时要睁大眼睛，看清此刻被赋予的律令。如果有可能，我希望生活在后一个世界里。

又想起周星驰几年前的一个访谈，五十岁的周星驰，帽檐下有凌乱的白发，面对女主播抛过来一个个套圈式的问题，他既没有激烈地抵挡辩驳，也没有滔滔不绝地阐发，只是会先控制不住似的笑笑，那些套圈碰到有魔法的笑容就碎掉了，接着他再企图诚恳地表述自己，说着说着又会笑起来，因为还有些羞涩，觉得自己这么诚恳好可笑，他一边替别人笑着自己，一边又还是严肃的，像个艺术家也像个敏感聪慧的孩子。

那时候他刚拍完《西游降魔篇》，据说把很多小孩子吓得哇哇大哭，这些小孩子一定是看着迪士尼动画长大的。

2016 年 3 月

开　端

是张文江老师把我介绍给《笔会》的。我那时候在张老师家里听课，私下里受感发陆续写了一些关于古典诗人的小文章，竟得到他很大的夸奖。有一天，他对我和黄德海说，你们应该给《笔会》投投稿，他们有人看过你们文章，向我打听你们。我记得那是2010年春天，没过多久，张老师特意在长乐路的藏乐坊为我们设了饭局。开在老洋房里的粤菜馆，有很精致的榴莲酥和朗姆酒银鳕鱼，外面还有一块草坪，我们坐在昏暗安静的大厅里，度过一个愉快午后，我就是那时候接触《笔会》的。那家饭店后来搬走了，可我偶尔路过那里的时候还是会觉得有些亲切，仿佛知道在某处收藏着一些欢乐。

我在旧文章里引过一段藤泽秀行的话，《笔会》的编辑看了之后建议我是否可以专门写一篇，我就写了一篇《秀行先生》，这是我在《笔会》的第一篇文章。发表之后，立即收到编辑反馈的各方赞扬，我觉得《笔会》一直很会这样鼓励作者，后来做微信公号之后更是费心整理后台回复，让我见到《笔会》不仅有很多好的作者，也有众多理想的读者。到了第二年初，我写《诗经》的文章《既见君子》在《笔会》发表，引起了一些关注，编辑很替我高兴，我也很高兴。后来这篇文章的题目，也成为我第一本小书的名字。

虽然我之前也在报刊发表过一些文章，但《笔会》对我而言绝对是一个新的开端。有一次，《笔会》的编辑给我写信说，“你是把最好的文章给我们了”，我想，这些文章未必有多么好，但确实都曾是我身为一个写作者最有欲望去写的文章，是《笔会》的力量催生出它们，同时也继续激励现在的我。

祝《笔会》七十周年生日快乐。

2016 年 6 月

辑 4
跟着自己的心写作

关于《波多里诺》的三次远航

我并非以一个资深埃科阅读者的身份在这里谈论他和他的作品，事实上，《波多里诺》是我阅读的第一部埃科作品。只是，在读完并不断深入到埃科其他作品中后，我以为，面对埃科和他繁复变幻的作品世界，假如需要选择从某一本书开始的话，从《波多里诺》启航，无疑是幸运的。

1. 故事开始了

时值1204年，趁着拜占庭帝国的内乱，发起第四次东征的十字军顺手攻陷了屹立在欧亚大陆交接处的帝国之都——君士坦丁堡，并且洗劫全城。拜占庭帝国的大臣、历史学家尼塞塔在仓皇逃命中幸遇波多里诺的搭救，作为回报，善于发掘历史真相的尼塞塔需要倾听波多里诺丢失文字记录后的混乱故事，并赋予它意义。

波多里诺预先声明，自己的一生一直在撒谎，甚至对自己，所以尼塞塔很清楚自己所面对的，不是关于某个人一生的真实历史，而只是一个充满无数谎言的故事。不过现在是非常时期，外面一片人间地狱，无处可去，于是，和《十日谈》一样，在一场巨大的危机（无论是瘟疫还是战争）面前，听故事成为唯一能让不幸的时间停下来的消遣。

波多里诺自叙是意大利法斯凯特地区一个农夫的孩子，十四岁时在森林里闲逛并遇到神圣罗马帝国的皇帝——红胡子腓特烈大帝，为了讨好大帝，波多里诺编织了一个关于圣徒显像预言大帝在战争中取胜的谎言，没想到这个谎言却使得战争双方深信不疑，敌人立刻投降，大帝轻而易举地获得胜利，波多里诺也从一个农夫之子一跃成为神圣罗马帝国皇帝的养子，他传奇的一生随之开始。

像一切古老的民间故事一样，波多里诺讲述的是一个普通人梦想中最完美的一生。这样的一生包括：实践各种自身之外的生活——波多里诺的一生从农民到宫廷贵族到市民到骑士到修道士，最后再到自由人，基本囊括了中世纪的各种生活形态；感受各种类型的爱情——波多里诺经历了三场极富象征性的恋爱，对养母兼皇后贝阿翠丝的精神之爱、对平民柯兰迪娜的世俗之爱和对半人半羊的伊帕吉雅的完美之爱；树立一个值得的目标作为动力——波多里诺的目标在于找到或者创造出祭司王约翰的国度。

但换个角度来看，波多里诺的一生又如同我们每个人的人生，都是不停地在重复某种东西，只不过，波多里诺的重复是关于奇迹的重复。

因此，假如说《玫瑰之名》的复杂让人滔滔不绝，《傅科摆》的复杂让人陷入沉默，那么相较它们而言，《波多里诺》的复杂既不会让人迷失歧途，也不会让人无可适从，它只会让人轻快地跟随。

2. 阿里阿德涅的线团

任何精彩的冒险小说都不会去预设读者的知识储备，它只需要能全心投入的读者。就像每个小孩子根本不需要知道唐朝的历史和儒、释、道的思想交锋，也同样会对《西游记》爱不释手。

虽然《波多里诺》里充满了各种足以让中文读者晕菜的中世纪欧洲历史和神学知识，但是，我们大可先不去费神搞什么《波多里诺》攻略，拿出小时候读《西游记》时一目十行寻找故事的心情，《波多里诺》其实又可被简单视为一部《东征记》，恰与《西游记》相对应。

只不过，无论东征还是西游，初读者们必然只能沉浸在一片快速飞奔向终点的晕眩之中。正如尼采所说："谁陷入了迷宫，谁就永远不会寻求真理，只会专心寻找阿里阿德涅和她的线团。”

“阿里阿德涅的线团”带来走出迷宫的快乐，却不能导向真理。但唯有先拥有它，才可以让我们重返迷宫的脚步变得从容起来，真理也才有可能在四处观看的目光中显现。同样，“为了知道故事的结局，读一遍就够了”。在一本轻松谈论小说技术的演讲集《悠游小说林》中，埃科进一步说道：“要验明模范作者的意图，文本必须被反复阅读。只有当经验读者发现了模范作者，并且理解了他——或至少开始理解作者从读者身上需要的东西——他才可能成为一个羽翼丰满的模范读者。”

于是，在抛却了对于故事结局的原始好奇心之后，重读小说时我们很容易发现，波多里诺的故事明显地可分成前后两个非常均衡的部分：为东征做准备和东征。不要小瞧了冒险记中的准备工作，《西游记》里，孙行者、猪八戒、沙僧还有白龙马的相继出场，其实比后来的斩妖除魔更为精彩；同样，《波多里诺》里，东征之前波多里诺同伴的出场也是颇有兴味的。第一个出场的是“诗人”，他是修辞者；第二个是阿布杜，作为永恒的恋人；第三个，波罗内，基督教学者；第四个，所罗门，犹太教的拉比；第五个人是奇欧，一个四处游荡的年轻人。为什么是这些人或者说这些身份？因为他们的东征目的虽不同，但有一种能力却是相通的，那就是想象力。第六个出场的是拜占庭教士左西摩，他象征着想象力的反面极端——欺骗者和阴谋策划者。这六个助手，再加上想象力的正面极端——奇迹的创造者波多里诺，冒险团队算是组建完毕。

同时准备完毕的，还有对于谎言和想象力的重新理解。

波多里诺一上来就宣称，自己不是不记得发生的事，而是没有办法赋予其意义。他请求历史学家尼塞塔的帮助。这个意义是什么，尼塞塔自始至终没有解答，反而是波多里诺自己的叙述中对于某一个想法的不断重复，让我们得以略窥一二。

波多里诺一开始就老实交代，“会把我希望看到的和我看到的东西搞混”，而且当他一把自己想象的东西说出来，其他人立刻表示确实如此，他不得不慢慢也真的这么相信。比如关于罗马，波多里诺看到的只是废墟和几只羊，但他明白其他人都希望看到圣物和奇观，于是，他用希望代替事实来告诉其他人。而慢慢地，这种善意的谎言变成了四处流传的事实。

他伪造不存在的圣物，伪造子虚乌有的文件，伪造圣彼得的显像，但这些东西一问世就被当作真实，被人追逐。就连听故事的尼塞塔也觉得这很正常，因为是“信仰让它们成为真品，而不是它们让信仰成真”。不过，波多里诺并没有因此放松要求，他认为，“一件圣物必须在真实的历史当中找到位置，才算真正站得住脚”。他必须为圣物的“真空”找到一个现实存在的“包围它的饱满的实体”，搭建出一个让人信任的世界。

等一等，我们是在谈论“圣物”吗？假若翻到《悠游小说林》第四章，我们能够发现埃科关于小说虚构和现实的关系的谈论，“为了被即使是最不可能的世界感染、打扰、震惊和触动，我们也必须依赖于我们对现实世界的认识。换句话说，我们应该把现实世界当作背景”。那么照此看来，不存在之幻象和小说艺术，伪造和创造，叙述者波多里诺和学者埃科，是不是同一枚硬币的两面？波多里诺是在谈论自己的谎言还是在谈论世界的创造？

幻象虚假但欲望真实，波多里诺渐渐地悟到，想象其他的世界，慢慢也会引起现实世界的变化。“假如你心中酝酿出一个最伟大的东西，这样东西肯定真的存在。”这是小说前半部分要致力完成的核心论点，当腓特烈大帝和我们都被不断出现的论据说服的时候，东征的准备这才算完成，而在接下来的东征中，无论多么疯狂和荒诞的经历，也因此都预设好了足够的意义。

3. 第三次远航

《新世纪》周刊:“你是说，和真相一样，谎言也是历史的一部分。”

埃科:“是的，我想说的是，也许你对西方历史不太了解。”

在随《波多里诺》来到中国的埃科所引发的众多访谈和评论中，以上的这段对话我以为基本象征了《波多里诺》中文版在国内文化圈的一种普遍接受状态——渴望理解，但缺乏基础。

我前面曾提到，冒险小说不会预设读者的知识储备，相反，读者事先知道的越少，获得的惊喜也就越大。但对于埃科，这位把但丁和伽利略的完美结合当作目标的作家，还存在着另一种读法。这种读法有点像慕容世家的“以彼之道，还彼之身”，读者事先知道的越多，获得的冲击也就越大。

1994年，伏尔泰的《风俗论》中译本即已问世，后来付梓不绝，到了2006年已是第五次印刷。倘若追逐埃科的那些中国提问者们事先对这部世界文化史尤其是欧洲中世纪史方面的开山名著有所了解，那将是多么美妙的事！因为狡黠的埃科必将会很高兴地遇到下面这个狡黠的问题：“埃科先生，作为中世纪学者，您对伏尔泰的《风俗论》怎么看？哦，没什么，我只是觉得《波多里诺》并没什么了不起的，它只是对伏尔泰谈论过的中世纪历史做了点自己的整理。”

的确如此。比较一下《风俗论》的中世纪章节和《波多里诺》，会是相当有意思的事情。《波多里诺》里描写的种种不可思议的谎言或者说奇迹，众多精彩绝伦的故事细节，以及“伪造祭司王来信”这个核心的情节主线，原来都并非是小说家的天才想象，而是真实存在过的历史。

这些有关谎言和奇迹的历史材料，在历史学家伏尔泰那里，是作为真实存在的愚昧和无情嘲讽的靶子；但两百年后，一个同样百科全书式的小说家，却施展魔法，借助一个虚构的人物——波多里诺，便让愚昧混乱的历史星云汇聚成一道通向梦想和希望的光线。

小说既不止于历史也并非等同于想象，“通过小说，我们成年人锻炼了自己整理过去和现在的能力。”我们唯有对历史越了解，才越能领会埃科上述这段陈述的意义。假如我们再联想一下身边那些要么是屈服于空想、要么是屈服于史料的历史（神话）题材小说（它们要么徒劳地架空历史，要么满足于白话历史），便会发现，埃科对于中世纪历史的那么一点整理，恰恰才是小说作为艺术的根基和价值所在。

纳博科夫曾经谈到过小说家的三个作用：讲故事的人、教育家和魔法师。假如说，讲故事的埃科和魔法师埃科，我们都已经若有所知，那么教育家埃科呢，他在哪里？纳博科夫把魔法师视为大作家身上最重要的因素，但作为普通读者，对于教育家的认知可能才是最后也最重要的认知。

很多家喻户晓的通俗经典都存在另一种读法，比如《格列佛游记》被视为斯威夫特对于“古今之争”的意见书，而《西游记》也一直被道家视为修真的秘笈。那么，谙熟中世纪哲学的埃科，是否同样也在使用这种中世纪哲人惯用的隐微修辞法，他们是否都同时在创造两种文字：讲给民众听的显白说辞，和面向少数人的隐微教诲？比如说，我们在波多里诺的东征经历中很容易发现《格列佛游记》的影子，那么，在格列佛遇到的慧因人和波多里诺遇到的伊帕吉雅人之间，有没有什么超越戏讽的联系？

这一切问题都属于远方。我只知道水手们再次从天边疲惫地归来。在凭借自然盲目运气的初次试航之后，第二次出海的他们虽知道了一点水和风的规律，但陆地仍遥不可及。在这个熟悉的港口、旅程开始的地方，他们将面临一个决断，是回家，还是继续第三次，或许是永不复返的远航？

波多里诺的东征也有三次。小说进行到一半的时候，四十三岁的波多里诺已经来到基督教世界的边境君士坦丁堡，但是钱花光了，为了继续向东，他只有暂时先回到西方；第二次，他和同伴们一直向东抵达了祭司王约翰国度的边缘，但白汉斯人毁灭了任何希望，他们被迫返乡；在小说的最后，年老的波多里诺骑上老马，把生锈的剑挂在马鞍上，第三次踏上往东方的路。此刻，假如我们想到了堂吉诃德，那我们一定会记得堂吉诃德最富有成果的冒险，也是在第三次。

对于所有的梦想和希望之旅，也包括我们的《波多里诺》阅读之旅，这第三次远航都是决断性的。无论最终抵达还是中途沉没，它都将帮助我们更好地生活。

2007年12月

约翰·欧文的《寡居的一年》

借评论俄罗斯作家列斯科夫的机会，本雅明曾经深有感触地写道："讲故事这门艺术如今已日薄西山，要想碰到一个能很精彩地讲一则故事的人，是难而又难了。"诚哉斯言！假如我们剥开一切所谓现代或后现代、商业或纯文学的外衣，用"讲故事的能力"来删选小说家，我想，很多被吹捧出来的文学泡沫，或许都会很自然地破灭。

约翰·欧文，属于在世作者中为数不多的、有着高超讲故事能力的小说家之一。在一次关于本书的访谈中，他谈道，"好故事是好作品的必要条件。通过一个好故事，我可以把种种过于复杂、扭曲、委婉的主题，纳入一个通俗的表现形式中。"他将自己定位成是一个说故事的人，这一点，让身为美国人的他，在小说血缘上和英国小说异常亲近。说到对宏大长篇的驾驭，欧文甚至把自己的一条爱犬取名"狄更斯"，以表达对这位 19 世纪叙事大家的尊敬；至于幽默，虽然有爱荷华大学的写作导师，黑色幽默巨子冯内古特的称赞，但在我看来，欧文的幽默更接近毛姆，外带一点温文尔雅的忧伤，而非手术刀式的冰冷；至于在《寡居的一年》里，女主人公露丝手头那本一直翻看和思考着的《格林传》，则毫无疑问地显示着格雷厄姆·格林这位现代英国大家对欧文的至深影响。

于是，家庭生活的小说骨架，细致锐利的观察，富有洞见的幽默，以及一个从容不迫、张弛得当的好故事，构成了从狄更斯到毛姆直至格雷厄姆·格林的英国小说传统，也成就了约翰·欧文小说中最动人的部分。

如果说，对故事的重视意味着欧文有意识地接续上古典小说的精神血脉，那么，就叙事技巧而言，欧文又是真正现代意义上的小说家。曾几何时，马尔克斯《百年孤独》中过去未来时态的开头，让上世纪80年代的多少中国先锋作家奉若神明并趋之若鹜，而在欧文这里，这种几个时态的“乱针绣”，简直已经是最小儿科的玩意，顺述倒述追述预述，以及故事套盒、视角转换、呼应和离题等等，被他玩得随心所欲且不落痕迹。

因此，于古于今，于大众于精英，欧文都有左右逢源的架势，而反观他所心仪的诸位前辈作家，竟也莫不如是。

2004年，好莱坞导演托德·威廉姆斯曾在欧文本人的参与下，将本书第一部分改编成电影《地板上的门》（*the door in the floor*），这种截断众流的改编法，的确增强了冲击力，但小说原先面对悠长生命的深意，也随之化解成情欲与伦理的单纯对抗。

其实，所谓“地板上的门”，虽然在第一部分中作为主人公泰德创作的同名童话，已经暗示出某个主题，但却要等到小说的后半段，当作者借露丝之口，引出格雷厄姆·格林《权力与荣耀》中的话，“童年时代，总有一瞬，门被打开，显现未来”，我们才会惊觉这个主题远远不是我们当初想象的那么简单。

那童年时代的大门打开之际，那显现在眼睛中的未来，究竟会对最后真实降临的未来，产生何种影响？对于从父母离异、孤僻自闭的童年慢慢走出来的欧文，这个问题似乎具有某种终极性的意义。而这本直接以故乡埃克塞特作为背景的小说，似乎就可以视作欧文的一个回答。

有趣的是，这本书里的人物，几乎个个都是或者慢慢成为了作家。在父亲泰德和母亲玛丽昂各自的婚外恋以及对死去哥哥的永恒想象中，四岁的露丝慢慢长大，最后成为著名小说家；三十九岁的玛丽昂沉浸在丧子之痛和丈夫泰德无休止的背叛中不能自拔，最后选择离开，并匿名写了几部侦破小说；十六岁的爱迪因为失去玛丽昂的爱而开始写作，并且一直无法再爱上比自己年轻的女性；而四十五岁的儿童读物作者泰德，则在亡子、不快乐的妻子、小女儿和无数女人中间载浮载沉。小说再次引用格林《生活曾经这样》里的一句话，“作家心中都有一块冰屑。”那冰屑，就来自于门被打开的一瞬，作为一个象征，它停留在四岁露丝的眼睛中，激荡着其日后漫长的写作生命，并在最后决定性的一刻，消融成泪。

末了还必须提一下译者张定绮。我们这些年全民学英语的一大成果，是如今的全民翻译，但这种全民翻译实际上沦为一种邯郸学步：中文忘了，英文又没学利落，于是只好依靠金山词霸之类的机器，爬着来翻译。而这位台大外文系出身的译者，我对他的印象始于那部令人唇颊留香的《阿佛洛狄特：感官回忆录》，而这本《寡居的一年》更加深了我对他的好感，良好的中文修养和过硬的英文功夫，让他成为这个全民乱翻时代中为数不多的可靠译者。据说他还翻译了埃科的《带着鲑鱼去旅行》，可惜国内不曾得见。

2008 年 7 月

想象力的精确度

有很多热爱并且写作推理小说的年轻人，他们谙熟推理小说各种派系的经典作品，并且相当聪明和勤奋，有着各自的写作抱负。但读过一些他们的原创作品，我有一种感觉，他们大多太注重推理，而忘记了小说。于是，当极度聪明的头脑调动起想象力肆意飞翔的时候，我们从中感受到的愉悦，却奇怪地不能超出解开一个拙劣谜语的愉悦。

在阅读《死神的精确度》之前，伊坂幸太郎是一个我完全陌生的作家，更不知道他竟然是目前日本炙手可热的推理新锐。以这样的方式进入这本小说，不会像资深推理小说迷一样充满各种精致的期待和挑剔，但有一个好处，就是或许能有一些属于普通读者的发现。我一直觉得，推理小说首先是小说，就像寿司首先也只是一种食品，它并不仅仅因为制作方式的差异，就丧失了作为食品的一切共性。

因此，我很喜欢这本书封底上摘录的宫部美雪的一句话，

“像他这样的作家将背负起日本文学今后的命运……他有独特的文风，是个天才”。请注意，是“日本文学今后的命运”，而非“日本推理文学今后的命运”，作为一个推理小说家，宫部美雪也好，伊坂幸太郎也好，首先都要有这样超越推理小说的自信和承担，才可能写出真正属于推理小说的杰作。

“独特的文风”，宫部美雪的这句赞辞，也是读完这本小说后我最深的感受。作为小说家，最难的，不是拥有多少人生经验或者懂得多少讲故事的技巧，而是叙述风格的形成，有自己的叙述风格，才能自成一家，才能称为小说家，否则只是小说写作者罢了。那么，伊坂作品的独特风格究竟在何处呢？

具有唱歌天赋的灰姑娘；莽撞的黑帮青年；风雪山庄里的连环杀人案；简简单单的两情相悦；千里追杀的公路传奇；以及那个阅尽人间冷暖的老妇人：《死神的精确度》里的这六个小故事，说起来也都并不是新鲜的创意，说起来，太阳底下无新事，一味求新，反倒雷同，却又正是一些小说作者容易陷入的悖论。

“东西全在那，只是我观看的方式不对。”马修·史卡德，这位《八百万种死法》中的大侦探曾如是说，一旦明白这一点，他就不再费尽心机去寻找新的东西，而是转身向内，试着调整自己的视角，眼前顿时一片开阔。同样，伊坂所做的，也正是稍稍调整了一下小说的叙述视角，他引入了“死神”这样一个无所不能的叙述人，这位名曰“死神”的叙述人，引领着我们做了一次俯身贴地飞行，大地上依旧还是那些人和事，但我们看待他们的视角一下子完全变化了，而就在这样变化的视角中，人世间原本被我们忽略的每一种细小欢乐，都扑面而来。

类似“死神”这样的人物设定，昭示着伊坂作品中最独特的想象力，拿冒险游戏做比方，这种想象力不在于想象具体冒险经历时的天马行空，而恰恰在于想象游戏规则时的精确度，比如在这本书里，“死神”一定在雨天出现，喜欢听音乐，陪伴当事人七天，绝对不介入当事人生活（正是在这一点上，这本小说迥异于电影《柏林苍穹下》），按时向上头汇报，等等，每一种规则的产生，都随之产生一些新的可能性，这些可能性会自然生长出一些新的东西，而这种自然生长的过程，大概正是伊坂之为伊坂的地方。在《死神的精确度》的最后一篇里，“死神”被老妇人揭穿，游戏规则作废，与死神一起飞翔的我们仿佛也随之跌落在大地上，眼睛所看到的一下子又泯然众人了，而这一篇，也正是我觉得全书中较弱的一篇。

此外，我很喜欢这本书封面上的那把倒挂的雨伞，但下面那只狗的出现我就有些不能理解了，难道仅仅是因为“DOG&GOD”的冷笑话？在我想来，如果是用金城武的侧影或者背影，那该多好啊。

2009年9月

崭新的写作

看到一则报道，中国最大的淡水湖区，鄱阳湖，这个亚洲最大的越冬候鸟栖息地，如今竟成为候鸟们的人间地狱。无数的、由无数以善良朴实著称的中国百姓设置的天网、地钩、毒饵、强光灯，在湖面上，在浅滩上，等待着从遥远北方飞来过冬的天鹅和大雁，它们的尸体，将帮助他们改善贫困的生活，而在产业链的终端，另一批隐形的饕餮者，在远方的餐桌上，如癞蛤蟆一样，等待着用金钱换取的天鹅肉。

想起刚刚看过的伊坂幸太郎《奥杜邦的祈祷》里，也有类似的故事。

1813 年，约翰·詹姆斯·奥杜邦在肯塔基州发现旅鸽飞过天际。几十亿、数百亿的鸽子，宛若地毯一般飞过天空，那样壮丽的景色难以形容。但据说旅鸽的肉质甜美，当时人人荷枪实弹，疯狂地捕猎。奥杜邦在书中如此记载。

几十亿、几百亿的鸟会绝种吗？想想都不可思议。奥杜邦却预感到了这一切，一切将不可挽回的失去，那样壮丽的景色，正一再地、不可挽回地失去。他做了一件事，就是将所有见到的鸟类画下来。这些实物大小的画集结成册，就是19世纪最伟大的一部作品——《美国鸟类》。

为什么会灭绝呢？因为在一般的捕猎方式之外，人类的头脑会想出无穷无尽的计谋，比如，猎人先击瞎一只旅鸽的眼睛，那只鸽子不再能飞起来，在地上慌忙振翅，其他的鸽子误以为有饵食，全都凑过来，被猎人一网打尽。

在另一本小说里，同样谈到动物时，伊坂说，“人类所有不同于动物之处，就是人类恶的部分”。

1878年，在密歇根州帕托斯基的森林区里发现了十亿只旅鸽，最后的旅鸽藏身之处，猎人们蜂拥而至，在一个月内制造了三百吨尸骸，创造了史上最著名的一次屠杀。1914年，最后一只旅鸽马莎，在俄亥俄州的动物园里死去，在它出生之前，亿万只旅鸽早就从天空消失了。

“在猎鸽的男人当中时而夹杂着女人。我不觉得他们有什么可非议的，也不认为他们特别不同，那种人到处都是。说不定如果与他们特别见面，还会觉得他们很亲切。”在小说中，伊坂借那个讲述旅鸽故事的田中之口，告诉我们平庸的恶如何永远地存在于我们周围。

《奥杜邦的祈祷》名义上是一本推理小说，正如伊坂是一位推理小说家一样，都似乎是如今这个精密分工时代里不容辩驳的常识。它有着精巧的想象，自足的空间，以及在严密逻辑推动下的叙事。几个都市人突然闯入一座化外小岛，这是多么经典的故事原型，伊坂为之增添的原创角色，是一个会说话的稻草人。稻草人立在小岛上一百多年，通晓过去、现在和未来，宛若神明，却绝不能改变任何事情。在宛若爱丽丝漫游仙境般的开头之后，小说的中途，稻草人被杀害，于是整个叙事又进入推理小说最传统的航道，即寻找凶手。当然，最后的结局也足够意外。

然而，我总觉得，在作为推理小说家通常都会允诺给读者的，那种穿越迷宫的智性喜悦或者坐过山车般的酣畅刺激之外，作为小说家的伊坂，似乎还有更高远的志向。譬如这本《奥杜邦的祈祷》，我总觉得，伊坂的目的只是为了找一个足够吸引当代人的方式（这个时代大家都觉得自己高智商嘛，都喜欢看推理），来讲出他所知道的关于奥杜邦和旅鸽的故事，关于地球上的一切美好景色随着人类智商的发达不断被毁灭的故事，关于一些有自省能力的人类在此种境遇中自我抉择的故事。倘若说，奥杜邦的鸟类画作是一种祈祷，祈祷一切壮丽如旅鸽飞过天空般的自然景致永存，那么，伊坂的小说则可以视作一种布道，用华丽奇幻的修辞术利剑，把一个最简单最普通的道理，在不知不觉间，刺进人心里去。

而若说到布道，诺思洛普·弗莱曾经讲过，那将是一种源自远古又属于未来的，崭新的写作。对于人性之恶，布道者不会讥嘲，也不愿徒劳地作忧虑状，他们只是将自己置于这样不可阻挡的洪流之中，并怀着无限的悲悯。

桑塔格写小说

苏珊·桑塔格也写小说，而且写得不少。随着其文集中文版的日趋完整，这个显而易见的事实，能否多少消除一些横亘在我们当代批评家和小说家之间的古老敌意呢？进而，在桑塔格那里，这种敌意或许根本就是荒谬的。她写小说，不仅仅为了表明批评家并非“后宫里的太监”；她写文论，也绝非一个小说家的业余玩票。

桑塔格写小说，就小说艺术本身而言并不算成功。70年代是她如日中天之时，但她的英国出版商因为出版她的小说蒙受巨大损失，美国的《纽约客》则拒绝发表她的大多数短篇，当然，《我们现在的生活方式》被厄普代克选进了《1987年最佳美国短篇小说》，但那更多是因为其在谈论艾滋病这一话题上所产生的巨大影响。不错，《火山情人》是1992年的畅销小说，但前提是出版社不计成本的宣传造势，我们今天读来，会觉得她多少有些挥霍智慧，假如把其中关于火山、收藏的论述挑出来整理成《论火山》或《论收藏》，或许并不亚于那本光彩夺目的《论摄影》呢。然而，桑塔格说，“《火山情人》是她的作品中唯一一本她真正喜欢的，是唯一一本实现了她作为作家抱负的书。”该如何理解她的这番话？

“一个其主要著作不是文学作品的作家，其文学成就是很容易被低估的。”在为维克托·塞尔日的辩护文章中她如是说，这个说法，就像她大多数文论里对他人的阐述一样，同样适合她自己。她为此焦虑。因此，是那种要成为一名伟大的作家，而非单纯小说家的渴望，让她一再地投入小说的洪流中。

每个时代的文学事业，都存在一种最具典范性的、用以衡量文学最高成就并可以容纳整个世界的文体。这种典范性的文体，在莎士比亚和莱辛的时代是戏剧；在柯勒律治、瓦雷里和艾略特的时代，是诗歌；而在福斯特、昆德拉、亨利·詹姆斯以及苏珊·桑塔格的时代，则是小说。“思索，沉思，对读者的直接发议论完全是小说的天然形式。小说是一只大船，不是因为我能通过它将身上将要消失的文论家的那部分救赎出来，而是我身上作为小说家的潜质（其中文论家只是它的一个部分），我最终将其得以实现。”每每恼火于被视作文论家的桑塔格，这番为小说的丰富性所作的辩护，难道不是同样可以被上述其他作家应用于另一个时代的戏剧，或者诗歌吗？

桑塔格写小说，不是要成为小说家，就像莎士比亚不光要做戏剧家，艾略特不光要成为诗人一样；桑塔格写小说，是选择了一条向着这个时代文学顶峰迈进的、没有捷径、不可逃避的道路。无论成败，这都是一个真正的作家必然要有的志向，唯有拥有这样的志向，他其余的一切作品（随笔、文论、演讲、电影……甚至日记）才有根基，就像一棵树，也许它旁枝斜出的枝叶更引人注意，但却是那种向着天空的、纯粹向上的力量，才令它得以枝繁叶茂。一堆离开树干的枝叶，再繁茂，又能派什么用场呢，大概只能做扫帚吧，那些仅仅在小说家、诗人、批评家、专栏作者等等专业名衔下固步自封的人们，即便有声名，也仅仅只是某个时代有声名的扫帚罢了，用完即被下个时代所遗弃。

向写小说的苏珊·桑塔格致敬。

2009 年 10 月

跟着自己的心写作

J.D. 塞林格逝世之后，像对待任何一位杰出的已故作家一样，我们一直以两种方式在缅怀他，一种是重新咀嚼他乏善可陈的轶事，而塞林格拒绝轶事的隐居生活旋即成为最大的轶事；另一种是重新解读他为数不多的小说，貌似同情地理解霍尔顿和格拉斯家族的精神境遇，貌似公正地评价其社会意义。而这两者，很不幸，恰恰是塞林格本人深恶痛绝的。

站在一位杰出作家的个人生活和文字作品面前，为了不惊慌失措，每个评论家都有各自一整套固定的逻辑，和确定性的判断。而逻辑和确定性的知识框架，却是塞林格一生都力图在扔弃的东西。在《特迪》，这篇《九故事》中写作时间最晚、排在最末的小说中（此时是 1953 年，《麦田守望者》升起的巨大蘑菇云已经照耀美国两年），那个十岁的小男孩特迪教导一位二十多岁的年轻人："逻辑正是你首先要丢掉的东西……你知道《圣经》里说的亚当偷吃伊甸园里的苹果吗？你知道那只苹果里有啥东西吗？里面有逻辑和知识。那就是《圣经》里所有的东西——你所要做的，就是：如果你想看清楚事物的本质，你就得把这些东西全部呕出来。”

对逻辑和知识的弃绝并不令塞林格简单地走向宗教，作为一位艺术家，塞林格只是相信并尊重，生命之树的复杂、暧昧、模糊和不可化约，以及人与人之间在生命最深处的不可交流，而这正是不可以被任何逻辑、知识乃至道德的取景框所捕获的、最真实的存在。面对最真实的人的存在，言辞是无力的，理念是苍白的，生命几乎是个无法表述的秘密，然而现代艺术家的任务，恰恰就在于讲述这个无法讲述的秘密。这几乎是一个悲剧英雄般的任务，而艺术家所能凭恃的，唯有诚实。“有一天，乔伊斯，”五十三岁的塞林格如是教导他那位十八岁的情人，“你会只写那些实实在在的、真实的东西。诚实的作品总是使人们的精神紧张，于是他们想方设法把你的生活搞糟。从现在起的很久以后，会有一天你不再在乎去取悦谁，也不再在乎别人对你说什么。到那时你才能最终创作出你真正擅长的作品。”

“修辞立其诚”，和“认识你自己”，这两句中西思想最深处的古老铭言，可以说回荡在塞林格全部的作品中，尤其是到了《西摩：小传》，这部几乎是塞林格最后的作品，在我看来，正可以视作理解塞林格全部文学思想的一个入口。通过让格拉斯家族的老二巴蒂为早逝的长兄和偶像西摩做一番精神素描的方式，通过叙述者极度自由、凌乱却忠实内心节奏的讲述，塞林格已经突破了所谓小说文体的局限，“跟着自己的心写作，写什么都行，一个故事，一首诗，一棵树”，这是西摩对巴蒂的教导，也是塞林格的自我证悟。

与此同时，又必须把塞林格的这种证悟和简单的意识流写作或者罗伯特·格里耶辈的自动写作相区别，后者归根结底只是一种写作技巧，从根本上已经背离了艺术家的诚实，而塞林格所谓的“跟着自己的心写作”，是在写作技巧层次之上的，它源自一个有志向的小说家在死之前会面临的、类似宗教式的终极问题：你写时确实全神贯注了吗？你是写到呕心沥血了吗？以及，你写下的，是你作为一个读者最想读的东西吗？

对这些问题的苦苦追问和探索，使得塞林格的诸多短篇小说显得如此精致。用精致来形容塞林格似乎有些怪异，因为表面看上去，那些构成塞林格小说主体的对话，都是凌乱、片断、言不及意和暧昧模糊的，然而，这些对话却是绝对真实的，是一个个真实的人会说出的言辞，是从真实而丰富的存在中剥落的一地真实的碎片，而我们置身于小说内外的每个人，都只能通过这些碎片，去窥测另一个人，以及世界。有如林间错综小径，并不通向某个确定终点，而如果我们能俯视整个丛林，就会发现这所有看似芜杂的林间小径又呈现出某种精心建构的秩序。譬如《抬高房梁，木匠们》，那被塞进同一个车厢里的四五个陌生人之间所展开的穿插对话，宛若一部公路电影，追求的是此时此刻一个小空间内氛围和气息的准确还原，在这个意义上，塞林格直接秉承了海明威和菲茨杰拉德以来的美国现代短篇小说传统。

有一种意见，认为隐居生活和种种宗教修炼，让晚年的塞林格逐渐脱离现实生活，以致写作日渐枯涩。持这种意见的人，大概都没有真正写过小说。对一个小说家而言，正如詹姆斯·乔伊斯和朱天文都看到的那样，最重要的生活在25岁之前就已完成，剩下的岁月，只是在观察，以及不停地咀嚼过往。塞林格的低产，我想应当视作其诚实面对内心和认识自我的结果，他已经写下他最想说的全部话语，他已经写下了他在一个精神苦闷时代里感受到的全部善与真，他不必再为了取悦任何人而滥用文字。

“跟着自己的心写作”，这番塞林格的自我证悟，在一个文字过剩的时代，同样不断地提醒着我们每个把写作当作志业而不是职业的人。在我看来，这才是塞林格留给我们最重要的遗产。

2010年3月

埃科的门槛

由于翻译埃科《玫瑰的名字》的两位意大利语老译者都很用心，并得到埃科本人的帮助，所以这个新译本出来之后，不少人都很愤怒，因为他们再也没法把读不懂这部小说归咎于糟糕的翻译了。

但根据这些专业读书者一贯的思考方式，一本书如果读不进去，不是翻译的问题，那么就一定是作者的问题，于是，我们就看到了滑稽的一幕，作为畅销书作家的埃科似乎摇身成了写佶屈聱牙论文的博学者，被视为“令人头痛的作者”，需要向一小部分读者阅读快感的丧失负责，并受到类似“假如你是中国小说家的话包你一本书都卖不掉”这样的恐吓。

这大概是精熟后现代语境的埃科所遭遇到的最具后现代意味的指责。自从《玫瑰的名字》问世以来，无数读者声称他们完全破译了该小说，懂得小说中每条线索的由来，理解每一句话的隐微密旨……为对付全世界这么多比他这位作者还精通这部小说的读者们，埃科头大如牛，气喘吁吁地写作一本本教人如何正确阅读的书，《读者的角色》、《诠释与过度诠释》、《悠游小说林》、《开放的作品》等等，假如他得知，遥远的中国有一小部分人竟哀叹其小说门槛太高而难以读懂，他一定哭笑不得。

对埃科而言，诸如专业读者和业余读者之类的门槛区分是荒谬的。在《玫瑰的名字》面前，当专业的符号学者受诠释学的牵引，历史学者屈服于中世纪的魅惑，宗教学者纠缠于教会教义，而业余的八卦爱好者究心于种种轶事，他们的身份，其实都是一致的，都是埃科所谓的经验读者。

对埃科而言，读者只有两种，经验读者和模范读者。其中，经验读者就是任何拿起书阅读的人，无论贤愚，他们可以从任何角度、不受任何制约地阅读，因为“他们通常都拿文本作容器来贮藏自己来自文本以外的情感，而阅读中又经常会因势利导地产生脱离文本的内容”。埃科对经验读者并无轻视，他只是觉得单纯的经验读者不能最大程度地感受到一部杰出小说所提供的美，他对此深感惋惜，并随之提出“模范读者”的概念，即能够充满信任地将自己交付给作者，听从作者的引导，并暂时接受文本所创造的新世界。每部杰出的小说，其实都在我们面前打开一个新的世界，这个新世界对闯入其中的读者并无多少智识上的要求，正如真实的世界绝不会对每个初生的孩子有要求一样，但这个新世界会引导、塑造和教诲它的模范读者，正如同真实的世界会引导、塑造和教诲那些单纯而又聪慧的孩子，让他们得以最大程度地感受到一个新世界的美。

以《玫瑰的名字》为例，在正文开始之前有三段文字，引言、按语和序，我们往往会忽视，但那正是作者精心为模范读者而准备的。引言告诉我们，这是一个从古拉丁语译成法语再译成意大利语的遥不可及的故事，这种遥远感迫使读者搁置一切现实意识，但它是一个关于书籍的故事，“你四处寻觅，欲得一宁静之地，但你只有在书海的一角才能找到它”，因此，这又是每个热爱阅读的人都能感同深受的故事。按语，提示我们小标题的作用，假如你愿意，可以按照小标题的指引跳读全书，同名电影就是这么做的，同样很精彩。序，告诉我们必不可少的历史背景，而无论你是谁，在进入正文之前知道这些背景，就已经足够了。此外，这本小说的叙事者，被设置为一位年轻的见习僧阿德索，这个叙事视角的设置也是有深意的，它暗自引导我们每个读者，返回到一种年少懵懂的状态（这应该不难吧，尤其对于我们这些对西方中世纪历史本来就所知甚少的中国人），信任和追随作者的叙述，如同阿德索信任和追随自己的导师威廉。

以上几处引导，其实都不难做到，而只要做到这几点，无论是什么样的读者，都可从这部小说中感受到乐趣。说穿了，每一部杰出的小说，假若有门槛的话，也只是为那些脚步沉重者所设置，这些人不愿意将沾满现实世界厚厚泥浆的皮鞋脱去，以至于真实的脚无法迈过本可很轻易迈过的门槛。

2010年5月

几乎没人会拒绝一场冒险

“卡明斯应当出现在伍迪·艾伦的《午夜巴黎》里面。”赵毅衡在为《我：六次非演讲》中译本撰写的前言里如此遥想道。而事实上，卡明斯真的曾出现在伍迪·艾伦的电影里，但不是2011年的《午夜巴黎》，是1986年的《汉娜姐妹》；不是他本人，是他的诗集，还有一首写给爱人的诗。在陌生小书店密密仄仄的书架边，努力制造出一场邂逅的中年男人埃利奥特抽出卡明斯的诗集送给莉，他说读到其中一首诗就想到她，“没有人，即便是雨也不能，有这样小小的手”（nobody, not even the rain, has such small hands）。

某种程度上，卡明斯属于那种能够被普通人暗自热爱，却不免被文学史长久挑剔的诗人。我前几年第一次听说卡明斯这个名字的时候，碰巧遇见一位来华旅游的七十多岁美国老太，无意中和她聊到卡明斯，她立刻问我要来纸笔，默写出卡明斯的一首十四行诗，令我颇为震动。而在据称是至今为止撰述最为全面的八卷本《剑桥美国文学史》中，分享20世纪上半叶美国诗歌版图的，是我们熟知的格特鲁德·斯泰因、威廉·卡洛斯·威廉姆斯、玛丽安娜·穆尔、哈特·克莱因、兰斯顿·休斯，是罗伯特·弗罗斯特、华莱士·史蒂文斯、埃兹拉·庞德和T.S.艾略特，而e.e.卡明斯，只在概述部分占了几百个字的位置。文学史家们虽然公认卡明斯是20世纪美国在诗歌技巧上最富创新的诗人，但对他的乐观天真和浪漫抒情总是心怀不满，觉得与所谓“现代”的深刻特质相去甚远。

论在诗歌语言技艺上对传统的娴熟和对创新的渴求，论在优裕生活中培育出的对自由、至善以及个人主义的不可救药的顽固热爱，倘若要在中国现代诗人中为卡明斯找一个精神同类，我总是会有点不搭调地想到新月派。诗人马雁写过一篇文章，称赞林徽因《莲灯》一诗在语言技艺上的优美，“没有深厚的近体诗功底以及十四行诗技术，大概是很难写出前四行的。‘浮沉它依附着人海的浪涛 / 明暗自成它内心的秘奥。’两行对汉语的句式转换显得非常灵活”。一些老旧的主题以某种惊人的方式被转译成别样的词，看似的庸常随即蜕变成持久的新鲜，这是莱昂内尔·特里林对卡明斯诗歌在语言运用上的称赞，其实同样可以适用于新月派里最好的那些诗。无论卡明斯还是新月派，他们在各自国度的现代诗歌发展史上，似乎都是早早被掀过的一页，但至少还有很多普通的诗歌读者依旧记得他们。

卡明斯1952年入驻哈佛诺顿讲座的时候，已经五十八岁，几乎已达到在世荣誉的顶峰，但他一如赤子，并不想为人师表，他把这六场演讲称作“非演讲”，以此表示他无意在这里传道授业，谈诗论艺，他要做的是谈论自己，进而去面对那个古老的问题：“我是谁？”或者进一步而言，作为写作者存在的那个被称作“卡明斯”的“我”，究竟是谁？因此，卡明斯的诺顿演讲和我们之前所看到的诸如卡尔维诺、博尔赫斯、埃科、帕慕克等作家的诺顿演讲截然不同，或许会令很多热衷诗学的读者失望。在第一次演讲中，他援引里尔克的话为自己的我行我素辩护，“艺术作品都是源自无尽的孤寂，没有什么比批评更难望其边际。唯有爱能够理解它、把握它、并不带偏见地认识它”。

他相信爱既是诸种神秘中最神秘的，也是打开所有奥秘的钥匙，但他并不要写爱的论文，他只想尽可能诚实地回顾和原封不动地呈现爱所给予他的，以及他所深爱的，人和诗。从他的父母亲人到良师益友，从自己的诗到他人的诗，从华兹华斯、莎士比亚、但丁、中世纪民谣，直至他心目中的两个伟人，济慈和雪莱。

他的讲述其实并没有涉及全部生活，只是从童年开始，至青春期结束，或者可以说，那个作为写作者存在的被称作卡明斯的“我”，在其青春期结束时已经确立，定型，无论他日后的生命多么漫长，他已然恍若置身于萨福诗中那个“不死的阿弗洛狄忒”身边，成就一个“明了爱之神圣与幻想之真”的永恒少年。

在这系列演讲的末尾，他说："我是这样一个人，他骄傲又谦卑地坚称爱是众秘之秘，……他不仅在时刻吸收生长，同时也在不断奉献和给予，一个不朽的复杂生命——他既非没有心肝和灵魂、禽兽不如的极端掠食者，也非那种没有悟性、只懂得认知、信仰和思考的机器人，而是一个自然地、奇迹般完整的人—— 一个无边无际的个体；他唯一的幸福是超越自我，他每一丝的创痛只为了生长。"

这样的一种人生，这样的一条诗歌之路，乃至我们面对的这样一次阅读，看起来都更像是一场冒险，然而正如他自己所说的，"我们当中很多人是具有些微英雄感的，几乎没人会拒绝一场冒险"。

2013 年 4 月

如何观看科塔萨尔

《克罗诺皮奥与法玛的故事》中提到一种叫作卡索阿尔的动物，“卡索阿尔所做的第一件事就是盯着人看，态度高傲而多疑。一动不动只是观看，观看的方式如此强力而持久，仿佛在将我们发明出来，仿佛费了很大力气使我们从空无里，从卡索阿尔的世界里浮现，使我们出现在它面前，这一切都发生在观看它的神秘行为中”。

这种卡索阿尔式的观看，也就是科塔萨尔作为小说家的观看，而我们这些读者，如何承受这种“强力而持久地仿佛要将我们重新发明出来”的观看，在观看科塔萨尔的神秘行为中。

诸如“幻想”、“游戏”之类的模糊描述，并不足以让科塔萨尔从我们的观看中浮现出来，相反，这只能令科塔萨尔逃遁，如卡索阿尔般解体剥落，“化作翡翠，阴影与希望之石”。年轻的写作者如卡索阿尔的看守般贪婪攫取这宝石，模仿《饭后》或《美西螈》的时间游戏与身份幻想，喃喃地以克罗诺皮奥自居，吞咽《给巴黎一位小姐的信》中不断被吐出的兔子……希望以此获得技艺的魔法，最终，却成为被小说工会解雇的人。这种发生在杰出小说家和他的热爱者之间的双重悲剧，小说家本人早有预见却无能为力。“在发生了这双重悲剧之后，关于卡索阿尔我们还有什么可说的呢？”

那些就某个事物展开讨论的人们以为在讨论同一件事物，其实并非如此。名词都是一些所指不明的华美面纱，遮掩人的无知与孤独，科塔萨尔为此有言，“及物动词中包罗万象”，类似幻想和游戏这样的词语在科塔萨尔这里都不是标签式的名词，而是及物动词。具体而言，幻想，对科塔萨尔来说至少可以分解成围绕一件事物展开的四种具体行动，即抽象、推演、关联和移情。

抽象，意味着有能力将任意一种事物从外部世界剥离出来，单独赋予它主体的地位，比如将耳朵从人身上剥离出来，想象五百只耳朵在食堂用餐，“不时能看到一对耳朵反向而行，好像翅膀一样”；又比如选择纽扣，“电梯里的饱和情景难以形诸笔墨：在一根不可思议的晶状体圆筒中，数百粒纽扣静止不动，或者微微移动”（《抽象的可能性》）。

《头发的失而复得》，设想将一根打了结的头发落入洗手池的下水孔，然后，想办法找回这根独一无二的头发。为此可能需要打碎楼内所有陌生房间的下水管道，进而一步步沿着下水道走遍城市，直至河流的入口。这是一种简单的逻辑推演能力，而正是借助这种能力，我们常常可以从任何一件微不足道的陈旧事物出发，抵达一个全新世界。

一样事物，并不存在唯一的本质或意义，它往往是在和其他事物乃至和人的动态关系中呈现它自身的不同面目。比如一张日报，它被购买的时候是一份报纸，被看完遗弃在广场长椅上就成了一沓印着字的纸，如果被人重新拾起阅读，又成了报纸，随后，倘若一个路过的老妇人读完它又放下它随后又用它包裹刚买的蔬菜，这张日报就会在瞬间呈现出三种不同的形态(《日报一日》)。

一样事物，在抽象、推演和关联中被我们想象，依旧还不同于我们想象自己成为这件事物，这就是移情，一种属于人类的基本能力。《美西螈》中的观看者渐渐变化成那被观看的蝾螈，而在《地理学》中，我们看到从蚂蚁的角度重新撰写的地理学著作……

我们如是把科塔萨尔的幻想拆解，就会发现它并没有那么神秘，甚至，它与现代数学与物理学的思维方式是一致的（在《跳房子》中科塔萨尔对海森堡和维特根斯坦都有指涉）。从《被占的宅子》所收入的三部早期短篇作品集中，还可以明显看到博尔赫斯的影响，科塔萨尔吸收了博尔赫斯那种迷宫与镜子隐喻背后的基于数理思维的想象力，同时，他更倾向于一种诗性思维的想象，虽然，这种诗性并没有离开博尔赫斯所描述的诗性范畴，即“生命的每一个瞬间，每一件事情都应该是富有诗意的，因为其本质就是如此”。在科塔萨尔那里，不同于他的模仿者，所谓幻想只是一种基本推动力，而最终填满其小说世界的，是丰饶无尽的生命细节，如同《彼岸》的开篇所言，“这空间，一下子，张张扬扬地，被她的美貌填得满满当当”。

至于科塔萨尔式的小说游戏，大概没有什么比《游戏的终结》这篇小说本身更能体现其内核。游戏，这个词首先意味的不是放纵或胡闹，而是规则。任何游戏都首先是游戏规则的发明。而孩童之所以在游戏上胜过成人，就在于他们擅长发明新的游戏规则。在《游戏的终结》中，莱蒂西亚发明了一种游戏规则，就是在铁轨旁扮演雕像，通过呼啸而过的列车旅客的反应来评判谁的扮演更成功。此外，每种游戏的魅力，都在于它能否始终滋生新鲜感。孩童擅长发明新游戏，但同时也擅长厌倦，在莱蒂西亚发明的雕像游戏中，维持新鲜感的方式，是依靠那些完全偶然和不确定的旁观者，他们不可预估的反应成为这个游戏的一部分。因为莱蒂西亚患有麻痹症，背脊僵直，脖子无法转动，这些常人的缺陷恰恰在扮雕像游戏中成为优势，也就是说，由于这种规则发明是基于莱蒂西亚对自身局限的认识，发明者遂秘密地成为这个游戏规则的获益者。但更微妙之处在于，作为游戏伙伴的“我”和奥兰达，并非对个中奥秘一无所知，然而他们依旧怀着极大的热情参与其中，出于一种超越自身的对于莱蒂西亚的同情与爱。

于是，严谨的规则与恒久的新鲜，玩游戏者与观看者共同组成更完整的游戏，对于自身的幽暗认知和对于他人的隐秘之爱，种种这些，缠绕在这篇讲述孩童游戏的小说中，也构成了科塔萨尔对于小说这种游戏的诗性理解。

这种诗性，既是确切具体的，又指向一种对于二元对立的超越，一种“非此非彼”的创造。如《跳房子》的三部分标题名所暗示的：“在那边”、“在这边”、“在其他地方”，每个不写小说的普通人也都可以有诸如现实和虚构、此地和远方、精神与物质、是与非之类的二元想象，但将小说家们彼此区分开来的，不是从“这边”到“那边”的距离，而是对于“其他地方”的不同探索。小说家不断意识到新的维度，他不仅创造一个游戏，还创造游戏者，进而创造游戏的观看者，以及，对于观看者的观看……

> 不要把叙事文学当作传达信息的借口。信息并不存在，只存在传达信息的人，这才是信息，就像只有爱的人，才有爱情一样。——《跳房子·79》

而要理解这一切，理解在所谓幻想和游戏的标签背后一个艺术家的严肃追求，在观看科塔萨尔的过程中承受住科塔萨尔对我们的观看，就需要将科塔萨尔的作品做一个整体性的把握。在这个意义上，有两本写于科塔萨尔盛年的著作，那本极厚的《跳房子》（一种炽热的加法训练），和那本极薄的《克罗诺皮奥与法玛的故事》（一种冰冷的减法训练），堪可视作椭圆的两个焦点，而科塔萨尔众多风格各异的短篇小说，就仿佛围绕这椭圆焦点快速旋转的星丛。

2017年4月30日

大卫·福斯特·华莱士的非虚构写作

大卫·福斯特·华莱士属于少数杰出的后现代作家之一，他们的作品乍一看就光彩夺目，走进去之后却是一个个晦暗的黑洞。后现代这个词在当下有各种各样的意义，但对我来说，它仅仅意味着有能力吸纳一切，有关过去、现在和未来的，包括我们的无知。

《所谓好玩的事，我再也不做了》是华莱士最近被译介过来的一部非虚构作品，收录他上世纪90年代给时尚杂志写的三篇长特稿、一篇自述，还有三篇分别关于电视、电影和文学的评论。就长特稿这种文体而言，华莱士的写作无异于一种颠覆，他写欢娱、节庆和赛会，而非苦难、底层和事件；他写遇到的每一个人，而非特定群体；他几乎是以一种极端平等主义的、深具耐心到野蛮的态度来对待各种细节，而非将材料精心取舍、整合、打磨、编排成各种富有诱惑力的戏剧性场景。诱惑，这个由波德里亚拈出的抽象概念，在新媒体时代化身为类似“10万+”这样的数字，化身为被影视机构一掷千金疯狂觊觎的“故事”，它诱惑着每个写作者写出人们想要看到的事物，而非全部事物，进而，它诱惑写作者成为人们想要看到的写作者，而非他们自身。

华莱士早早地就愤而反对这些。他为写网球运动员迈克尔·乔伊斯的文章所拟的那个超长标题：“网球运动员迈克尔·乔伊斯的职业艺术性堪称有关选择、自由、局限、愉悦、怪诞，以及人类完整性的典范”，也堪称他自己的艺术写照。他要写出完整的人，因为恰好这个写作对象是网球运动员，为此他就先要呈现一个完整的男子职业网球的竞技世界，从复杂多变的赛制进程到喧嚷赛场的每个角落，因为这个人就是在这样具体的世界中行动、生长，写作者和读者唯有先体验这个世界的方方面面，才能体验到这个人的独特。

而这种体验，又不同于对体验的阐释。在本书同名文章（关于一次豪华游轮之旅的体验文章）中，华莱士批评美国作家弗兰克·康瑞之前为该游轮公司所撰写的宣传文章，他说，“其中不好的地方并不在于他通篇都在书写幻想、别样的现实、纵容带来的治愈力，由此带来一种催眠效果；也不在于他通篇所有的形容幸福感的华丽辞藻，或者贯穿始终的那种令人窒息的赞同口吻”（要注意这种否认其实是华莱士的一种修辞，它并不表示这些写法是好的，而是暗示，这些写法的不好已经昭然若揭到不值一提），他说，“这篇文章的不足之处恰恰在于，它不仅抒发了个人对‘七夜加勒比游’豪华游轮的感受，还将自身对这种感受的阐释清晰地表达了出来”，也就是说，在弗兰克·康瑞文章的优美背后，有一种令同为写作者的华莱士非常不适的诱导性：它诱导读者按照某种被设计好的感受方式去体验事物，于是，读者的愉悦不再来自对事物本身的自主感受，而来自是否符合写作者暗设的体验规训（道德的或审美的），倘若不符合，读者会不由自主地感到不安，觉得自己像个脱离正常情感的怪物。

很多写作者所做的工作，是替代你思考，但华莱士要做的，是邀请你进入一个“实在界的大荒漠”，再把你留在那儿，让你独自思考。而这，其实也是众多杰出的后现代小说家一直努力的方向。科塔萨尔的短篇小说全集最近正在国内陆续重版，但我最喜欢的，却是他那本已经绝版多年的长篇小说《跳房子》，其中，小说家借一个叫作莫莱里的人物之口，讲述他对于叙事文学的认识：

> 一般的小说似乎总是把读者限制在自己的范围内，而且越是一个好的小说家，这个范围也就越明确，因而寻求也就失败了。必须在戏剧、心理、悲剧、讽刺和政治方面的各个程度上停下来，要努力使得文本不要去抓住读者，而是在常规叙述的背景下向读者悄悄地指出一些更为隐蔽的发展方向，以便使读者不得不变成一个合作者……不要

> 欺骗读者，在任何激情或意图问题上都不要骑在读者身上，而是给读者某种类似意味深长的泥土毛坯之类的东西，上面要带有集体、人类，而不是个人的痕迹。

这种由作者努力交付给读者的面对未完成品（残骸、废墟或毛坯）时的心智自由，可能是那些旨在或吸收信息或消磨闲暇的读者所不堪承受的，但对有志向的读者而言，这才是好玩的事。这种好玩之处在于，作者没有像后现代理论家宣称的那样“死去”，读者也没有重蹈前现代时期的那种唯命是从，相反，他们彼此找寻，携手并进。针对希克斯有关“作者之死”的理论综述，华莱士说，“对于我们这些平民百姓而言，我们发自内心地认为写作就是为了人和人之间的相互交流”(《天花乱坠》)。但要知道这种交流并非交流信息，这种交流就是交流人本身。“要把文学看作人与人之间活的桥梁，不要把叙事文学当作传达信息的借口，信息并不存在，只存在传达信息的人，这才是信息，就像只有爱的人，才有爱情一样。”（科塔萨尔《跳房子》）

而为了在写作中抵达另外一个完全陌生又遥远的他者，一个写作者，需要先抵达他自己的极限。华莱士的写作令人动容之处，也在于此。写作者在这里尝试的角色，既非现代诱惑者，也非古典的教育者，毋宁说，他更接近于布朗肖意义上的“无尽的言说者”。阅读《所谓好玩的事，我再也不做了》中诸多文章的特殊体验，是每每在你觉得仿佛就要收束的时候，作者又宕开一笔，撕开一个新空间。这已经不再是那种立志为物质和精神宇宙提供明确完整形态的百科全书式叙事了（诸如我们在拉伯雷、乔伊斯、翁贝托·埃科和品钦那里所看到的），与百科全书式作者们相对而言的明朗世界观不同，华莱士倾向于接受的，是如康托尔、哥德尔等现代数学家所意识到的，一个在虚空中旋转的、支离破碎又无边无际的世界，他能够做的，是给我们既有的认知系统不断塞入他所能够捕捉到的、尽可能多的变量，而他自身也作为其中一个变量，同时，他还把读者作为变量纳入其中。对此，扎迪·史密斯，另一位优秀的小说家，也是华莱士的崇拜者，曾在一篇纪念长文里总结道："让华莱士这些作品运作起来的，是我们。华莱士将我们纳入递归的进程内部，所以，阅读他的作品才会经常让人感到情感和智力上的精疲力竭。"

《众目窥一：电视和美国小说》是一个好例子。通常，当我们批评某种社会文化现象时，最容易犯的错误，就是将自己排除在外，仿佛整个社会或文化环境是一个独立于自身之外的客体，是挂在美术馆墙上供游客评头论足的画。而对于数学专业出身的华莱士，他在探讨任何一个问题时，都绝对不会漏掉"自我"这么一个重要参数（注意是作为参数，而非以自我为标准）。"电视存在的全部理由，在于它反映了我们想要看到的事物"，这种对于惯常主体性思维的轻微扭转，像极了切斯特顿对于地摊文学的看法："读坏文学比读好文学有价值。好文学可以让我们了解一个人的思想，坏文学则可以让我们了解许多人的思想。一部好小说让我们如实地了解它的主角，一部坏小说则让我们如实地了解它的作者。"（切斯特顿《异教徒》）

当在分析和抨击电视文化对美国人心灵乃至美国小说家的写作造成的种种影响同时，华莱士要强调的是，电视不是一种外在环境或异质的入侵者，它就是构成新一代人文化心灵的最重要元素之一，而诸多对于电视的批评讽刺，其实正来自电视的教育，并被电视所吸收利用。他谈论60年代元小说的兴起和电视的关系，即观看者对观看之观看的意识，"电视不仅逐渐确立了我们的观看方式，而且设法形成我们对所观看到的事物最真切的反应"（这种被诱导的幻觉才是他痛恨的）；他谈论电视文化强大到不仅控制大众也控制了那些企图反对它的小说家，"后现代对流行文化的反叛变成了流行文化的一部分"，"电视吸纳了来自文学的反对，并将之商业化"。因此，他预言，"下一轮真正的文学'反叛'，将以一连串古怪的抵制反叛的面貌出现"。

虽然华莱士谈论的是上世纪90年代的美国电视文化，仿佛和我们今天的文化生态相距甚远，但假如我们把文中的"电视"置换成"新媒体"或"网络影视"，会发现，整个的文化运转机制并没有多少变化，但阅读完华莱士的好处就在于，我们或许不会再满足于一些无济于事的、仅仅增长虚荣心和降低内疚感的简单批判，并尝试摆脱商业文化为我们量身定做的一个个自我的囚笼。

2017 年 5 月

辑 5
亦新亦旧

布莱希特的诗

布莱希特的诗，湖南人民87年那本《布莱希特诗选》我没有看到，对于译者阳天也就无从置喙，只能谈点别的。他的政治诗，冯至和绿原分别都译过一些，不过我觉得都不好。不是说布莱希特写得不好，也不是译得不好，而是作为汉语诗歌的不好。汉语诗里的政治讽刺，即便是歌谣，都是温厚的。但西方的同类诗往往尖利嘹亮，讲究气势，因此缺乏一种共通的语感。即便是德文与汉语俱佳的诗人，译过来也就不免成了油滑。

倒是在一些关于布莱希特的译著里，有些零星的译诗让我记忆颇深。比如罗悌伦译的《布莱希特》（凯斯廷著）里，就有一些很好的传达：

苍白的夏天，风只在上边
在大树的叶间飒飒吹
人只好浸在河里、洼间，犹如梭鱼

栖息在水草堆里

身子在水里挺清爽，倘若手臂
轻轻从水里抽出、指向上天
微风就会吹拂它，因为
忘了那是手臂，以为是褐色的树枝尖
——《在江河湖海间游泳》

罗悌伦译过舍勒，是造诣很深的学者。凯斯廷的这本书也很好，我意外地发现一个朋友也很喜欢这本小书，这让我觉得惊喜。说起来，她这本书里除了有趣的轶闻外，也收了布莱希特不少的好诗。那首有名的《可怜的 B. 布》里著名的两段，罗是这么译的：

我们，轻狂的男人，坐着
坐在是认为摧毁不了的住所里
（我们就这样在曼哈顿岛建了排排房屋
还安了小巧的天线，以便与大西洋保持联系）

会由这些城市留下的，是穿城风
房屋使这位饕餮者欢愉，它席卷一空
我们明白，我们是先驱，而我们之后

接踵而来的将是……不值一提之流

然而，单是这两段，我觉得没有《黑暗时代的人们》里面译得好：

我们曾作为光明的一代而生活
居住于我们想象中不朽的房子里
（曼哈顿岛上的细长建筑和优雅的天线，
这让大西洋感到愉悦的一切正是我们的杰作。）

城市将保留下穿越他们躯体的风，
房屋给就餐的客人们以惬意。而风把一切都清扫干净。
我们知道自身只属于瞬间，而在我们之后
就再无任何值得谈论的事物。

对于译诗，所谓准确和忠实的要求，是很难讨论的，因为诗歌里需要忠实和准确的，不是意义，是被唤起的情感。这种情感如果没有找不到确切的字词，就会丢失。“诗就是被翻译所遗漏掉的东西。”因此，我们能面对的，首先不是一首译作，而是一首诗。从这个意义上，后面这首译作更能打动人。

有意思的是，这本《黑暗时代的人们》，只有“布莱希特”这篇是译者妻子谭毅代译的。而阿伦特在谈论布莱希特诗歌的时候，有不少诗是直接引用德文，因为她觉得无法翻译，但这一首，她用的是英译本，或许因此谭毅才有可能将之转译成中文。这种重译或许丢失了很多元素，但却诞生了一首新的汉语诗作。

对于布莱希特的诗，我觉得最好的汉译，虽然只是些片段，是在阿伦特的著作里。其次，是在凯斯廷所写的评传里。我在想，为什么会这样？为什么一些精通德文的优秀诗人，他们呈上的完整译作却无法让我们满意，而一些评论性文章里的片段甚至是经过二度重译的片段，却可以打动我们？有一条隐秘的林间小路通向这个秘密，它充满了光的碎片，走在小路上的我们，要记得自己只能被碎片，而不是赤裸的阳光照亮。

2008年5月

在天神和伪币制造者之间

锡德尼说："曾经有过许多诗人，从来不用诗行写作，而现在成群的诗行写作者却绝不符合诗人的称号。"又说，"使人成为诗人的并不是押韵和写诗行，犹如使人成为律师的并不是长袍……只有那种怡悦性情的，有教育意义的美德、罪恶或其他等等的卓越形象的虚构，这才是认识诗人的真正的标志。"这话虽说得刚劲有力，然而当成群的诗行写作者偏偏都以诗人自居，当诗人这个曾经无比崇高和珍贵的称谓变得俯拾皆是，当人们听到或说起"诗人"这两个字时脸上流露出暧昧与怀疑的神情，此刻，任何的为诗而辩都是无益的，当昔日与天神并肩行走在云霄里的那个名字已沦落成伪币制造者的代名词，一个热爱诗的人，至少应该懂得沉默。

算是骄傲吗，我把自己的诗歌低产归于对沉默的认识。更多的时候，我不是在语词的密林里奋力练习"奇异的剑术"，而是努力去尝试做一个爱智慧的人。华莱士·史蒂文斯说，"诗歌是学者的艺术”，我相信这一点，因为，人们从荷马和悲剧诗人那里获得的，与其说是神话传说，不如说是关于城邦政制和美好生活的教诲；同样，但丁之于意大利，普希金之于俄罗斯，爱默生之于美利坚，难道各自不是其现代民族教养的源泉吗？更勿论我们自己的《诗经》了，“上推天人性理，明皆有仁义礼智顺善之心；下究万物情状，多识于鸟兽草木之名”。无论中西，诗致力探寻和言说的，都不是现代意义上的创造，而是性情的普遍性，和世界的丰富性，这样的探寻和言说，虽然出自个体的人，却指向一片无名而广大的天地与时空。我能够做到这些吗？倘若我对天地人都还不曾有深切的了解。

这样的志向，能让一个人警醒，且刚健清新，却也能压垮一个人，让其诗歌写作渐趋枯涩。在天神和伪币制造者之间，沉默真的能够带给人骄傲的平静吗？或许，沉默只是另一种懒惰罢了。

有两种写作，一种是将自己知道和体会到的东西写出来，另一种是通过写作来慢慢明白和证悟一些东西，在我想来，这两种写作的差异，也就是最好的古典写作和最好的现代写作之间的差异。也正因为是要通过写作来明白和证悟，现代写作遂成为一项个人的事业，传统遂成为阴影，而不是一个民族赖以生生不息的血脉。

我对这样的事业深表怀疑，但却依旧无可摆脱地深陷其中。这样的事业，不能让这个世界变得更不坏，唯一可能做到的，是让自身变得略微好一点。所谓“独善其身”，对于这个时代的诗人，大概就是这个意思。

2010 年 4 月

翻译课

《航空信》是瑞典诗人特朗斯特罗姆和美国诗人罗伯特·布莱从 1964 年至 1990 年间的通信集。他们之间的书信，起因于翻译，特朗斯特罗姆希望通过布莱来找到另一位他有意翻译其诗歌的美国诗人；这些书信也因为翻译事务而丰饶，有那么近十年的时间，他们彼此翻译和推广对方的诗歌，并为其中遇到的技术性问题频繁地相互写信求救，尤其是布莱这边；而随着特朗斯特罗姆在英美世界声誉日隆，布莱需要和更多译者分享特朗斯特罗姆的空间和时间，他们的通信遂稀疏了，单凭亲切风趣地描述各自的家庭琐事来勉强维持，1990 年特朗斯特罗姆中风之后，写作能力受阻，通信也自然停止。

人们对作家书信通常有两种期待，一是好的文章，二是不好的生活，《航空信》在这两种期待之外，所以就有些寂寞。但对我而言，这本书的弥足珍贵之处，在于它竟然意外地，可以被视作一堂饶有教益的诗歌翻译课，用身体力行的方式，讲述译诗何为。

在1967年1月的一份书信中，特朗斯特罗姆认为“草料集市画家”这个词的英语直译让人不解，并向布莱解释这个词原本在瑞典语中的意义：“草料集市是斯德哥尔摩的一个集市，过去（可能现在也一样）人们在这里很便宜地出售艺术品。画的是那种带有松树和红房子的风景或者吉普赛女郎肖像、日落等等。也就是说它涉及的是能大批生产的、按常规绘制的油画，可以让推销员在马路上很便宜地推销。‘草料集市艺术’慢慢就变成了一个标签，指那种廉价的、大批生产的、流俗的艺术作品。‘草料集市画家’因此也就相当于德语里的‘媚俗画家’（Kitschmaler），‘媚俗’（Kitsch）是个德语词，那么英语该是什么呢？不说了吧。”在随即的回信中，布莱立刻承认自己的失误：“有关‘草料集市画家’，我真是完全搞砸了！在我们这里叫作‘游客艺术’或者‘日落艺术’（日落是这里最热门的主题——我必须进一步考虑这个问题）。”布莱原本是用字面直译的方式，来译“草料集市画家”，但特朗斯特罗姆向他解释，这个字面直译在英语中不能体现出瑞典语中原有的隐喻意义，布莱也立刻领会了他的意思。

这里的重点似乎是意译优于字面直译，但另有一个与之相对应的例子。“我试过用‘centipede’（蜈蚣）这个词，但是非常不好！这个词在瑞典语中是‘tusenfotningar’（千足虫，即蜈蚣），还能让人看得到足的存在。所以我必须找到一个英语的译法，也能让读者看到这些足。如果我说‘centipede’，读者只会看到一个地下室，很肮脏，有损坏的油毡地板，有陈年的橙子皮和再次淤积的污水等等。”（布莱致特朗斯特罗姆，1979 年 4 月 25 日）

布莱在此处受阻于一个在字典中意思显豁、没有争议的单词，但他感到不满，因为有些字面意思在这样正确无误的翻译中失去了，而这样的字面意思是构成原诗诗意的一部分。事实上，对诗人而言，直译与意译的纠缠近似于虚妄，因为语言的诗意本是由能指和所指两方面共同构成的，从源语言到目标语言的翻译，是视听感觉和思维概念协调并进的移植，这种统一感，唯有诗歌读者可以裁决。这正可以呼应雪莱为自己制订过的翻译原则，在我看来那也是翻译最简单有效的检验标准，即“译文在读者心中唤起的反应，应与原文唤起者相同”。

1967 年 10 月，布莱向特朗斯特罗姆请教正在翻译的艾克洛夫诗选中的几句诗：“我不理解‘放上膝盖’（knäsatt）这个词，是什么意思？……克里斯蒂娜已经告诉我，这个奇怪的词‘放上膝盖’就是‘坐在某人膝盖上’的意思，所以我把后面两句翻译成这样：那时永恒的流离失所坐在那些膝盖上 / 其他死者的膝盖。不过，这不是胡说八道吗！真是这种意思吗？”我读到这里的时候真是感慨，可以说，在当代中国的翻译诗歌中，恰恰充满了类似的这种胡说八道。诗人布莱和翻译者布莱，同时断然拒绝把胡说八道当作诗意的一部分，因为，再晦涩的诗句，都自有其一套理解框架，翻译的任务之一，就是找到这个框架，并在另一种语言中予以还原，而伟大诗人所拥有的巨大隐喻，绝不可能建立在病句的沙滩上。特朗斯特罗姆随后的回信也证实了这一点。

类似这样的字斟句酌的翻译讨论，占据这本书绝大的比重。我相信它们会让很多中国的诗歌译者感到羞愧，他们在自己的译本中那样懒惰地放任无知和谬误，并且竟然以诗歌的名义。

1974 年 2 月 13 日，特朗斯特罗姆致信布莱:“你的翻译最好的地方就是我总能重新获得我写原诗时的那种感觉。其他译者提供的是原诗的（苍白的）复制，但是你把我带回到最初的体验。这是我极为欣赏的。”这大概是一个译者能够收获的最高的褒奖。在诗歌翻译中，要紧的是诗意的复活，而不是字句的复制，而这样的复活，需要付出极为艰辛细致的劳作，也需要想象力，这种想象力不是纵容译者为所欲为，而是召唤一个人成为另一个人，召唤布莱成为特朗斯特罗姆或者相反。有些时候，为了让对方理解，他们甚至诉诸图示，在信中时常可以见到一些笔触单纯的草图，一个斜斜飞升的风筝，一个背靠着墙壁蜷缩的穷人，一座雪球组成的金字塔，一对向外伸开的翅膀……诗歌在这里召唤巴别塔倒塌之前的乐园，那时，不同大陆不同种族的人类可以彼此理解，相互同情，借着拙朴的象形文字。

《航空信》还有另一位重要的主角，那就是译者万之。除书信正文之外，在书信集和附加的CD说明册中，还有他翻译的多首特朗斯特罗姆诗作，硬朗，洗练，清晰，长短句的切换娴熟自如，给我相当大的惊喜。并且，面对新获诺奖的大师，在瑞典已经生活二十多年的他表现得足够低调，CD说明册中甚至没有译者的名字，我直至书中第355页的一处注释，才确定诗作译者就是他本人。在现有的几位特朗斯特罗姆诗作的中文译者里面，北岛的个人风格太强，且是转译；董继平缺乏诗歌语感；马悦然的中文实在不够好；而李笠呢，他曾经打扮成特翁诗歌在中国最理想的代言人，但他最近面对马悦然的批评所展现的类似三流小混混般的言行，基本把自己打回原形，他的瑞典语并不像自己吹嘘得那么好，至于他的汉语素养和人格素养，从他那首扬扬得意的鸟屎诗中，也令人沮丧地暴露无遗。所幸这时候有了万之，他是这堂翻译课上不动声色的、让我们信赖的助教。

2012年11月

又竭尽全力让它们变得轻盈

在有微信的日子里，诗歌，似乎正在重新复苏为一样可亲近的日常事物。一首好的诗，不再仅仅坐实为某种写在纸上的符咒或暗号，只在一些近似于秘密团体般的圈落里被识别，而是有可能乘着声音的翅膀，在一瞬间被无数的人所聆听，所分享。简净和悦耳，两种古老的诗歌品质，随之慢慢地回到我们的视野中来。与此同时，另一种更为古老的对于诗的普遍欲求，即通过诗的方式来记载、传播和领会有关人类生活的知识，也重新成为一种需要。

这可以很大程度地解释，为什么雷蒙德·卡佛、谷川俊太郎、佩索阿乃至辛波斯卡的诗，会在去年纷纷走出狭小的汉语诗人圈，成为一种公众知识。这其中又以辛波斯卡最为显著。

辛波斯卡的诗里面有一种很容易感知的轻盈，这轻盈似乎和口语诗的文体相关，又不尽然。比如雷蒙德·卡佛的口语诗就明显滞重很多，虽然它们中间的一部分也有力量逆流而上，抵达某种属于上游源泉处的清冽。辛波斯卡式的口语诗，和其他口语诗一样，非常容易被接受，但又和其他口语诗不一样，它非常难以模仿。

因为阅读时的轻盈感受并不意味着写作时的轻松。“在诗歌语言中，每一个词语都被权衡”，她在诺奖演说词的结尾这么说道。日常生活和日常词语在她这里不是简单地被使用，不是拥挤着奔向某个要抖出的包袱，达到某种在很多口语诗人那里常见的、相声式的“语言艺术”，而是被自始至终地锻造，像铁匠匀称地锻造生铁，像百炼钢一点点化成绕指柔。

轻盈同时也意味着明澈，意味着不依赖面具就讲出艺术和生活的真理。为了达到轻盈，她必须只依靠她自身的力量来推动一首诗，依靠某种杰出诗人都具备的对于世界的洞见、惊奇和畏惧，来完成一首诗。于是，辛波斯卡又可以被视作那些负责保管人类生活知识的古典诗人中的一员，而非现代意义上的艺术创造者。所以她会视《传道书》的作者为最伟大的诗人，她会一次次沉浸在赫拉克利特式的偶然之河里，因为偶然之河就意味着生活之流。对此，诗人译者胡桑在译诗集《我曾这样寂寞生活》的序言里有清楚的表达：“对偶然的忠诚才得以成就命运，这是辛波斯卡在诗中一再表现的主题。”

就译文而言，陈黎和张芬龄译的《万物静默如谜》去年行销一时，但那里面的辛波斯卡，我总觉得稍显有些温婉柔媚了，像一个大众情人，我会相对更偏爱胡桑新译的辛波斯卡，虽然偶尔有些译笔上的小差错，但总体风格上具备了一种非常难得的硬朗和坚定。而这种硬朗和坚定，才是和辛波斯卡个人的命运以及作为诗人的荣耀相匹配的。她经历过第二次世界大战的苦难，又目睹战后科技革命带给人类的翻天覆地的变化，她在《墓志铭》这首短诗里谈及的所谓“诗歌的正义”，说的就是在奥斯维辛之后，诗如何自有力量继续存在，而一个诗人又是如何重新思索和确立关于生活的“种种可能”。

比如这本《我曾这样寂寞生活》里的压卷之作，《在一颗小星星下》，最后两句，陈黎和张芬龄曾经译作：

> 噢，言语，别怪我借用了沉重的字眼，
> 又劳心费神地使它们看似轻松。

我觉得无论从语感的力量和语义的准确程度上，都明显不如胡桑的译笔：

> 言语，不要怪罪我借用了庄严的词句，
> 又竭尽全力让它们变得轻盈。

这两句诗，其实可以视作辛波斯卡一生的写作抱负。而“沉重”和“庄严”，以及“轻松”和“轻盈”，这之间的微妙差别，或许也折射出了不同的译读者对于辛波斯卡的不同认识。

2014年2月

阿波《晨昏》跋

阿波嘱我为他的新诗集作跋，于我这倒是第一次的事情。过去少年时读别人的《序跋集》，很惊叹居然写成这样子也可以成书。钱锺书调侃说，在我们这个诗书古国只有中学生肯花钱买新书读，至于大学生已经忙着自己写书，到了大学教授则只为旁人的书作序了。我没有做教授的志愿，倒是时常想象自己若还是一个中学生，会喜欢读什么样的一些书。

现代汉语新诗的结集其实很少有序跋。俞平伯就曾以为，序是视书之体裁才有的，诗是性情之物，体认由人，不必有序。他的诗集《西还》只写了个“书后”，交代一下，并叮嘱我们当作凡例来读。后来大多数诗人似乎都听了他的话，出版的诗集都是光秃秃的，前不见古人，后不见来者。

但我自己却是喜欢读序跋的，因为中间可以见到一个人对于同类的审视，或是对自己的审视。陶渊明给自己的四言诗作小序，每一篇都温润可喜，所谓“欣慨交心”，大抵会是完成一段写作或读完一部好作品时的心情。阿波喜欢陶渊明，也喜欢朋友们相聚。我记得有一次去春漫里的“阅读者咖啡”做客，阿波就拿出他早准备好的明刻版陶渊明诗集，一页页给我看，还希望我可以当众读一段《闲情赋》，但被七七拦下了，大概她看我有些踌躇。这里面，有阿波和七七两个人的好，他们各自单独也许还没那么好，但放在一起就特别好，所以他们可以“天仙配”，彼此贪恋。

和七七的快人快语相比，阿波是沉默的，可这是使人宁静而非不安的沉默，因为其实，“言辞已散开，像看不见的落雨”。我遂喜欢和他们两人一起聊天，觉得天地清明，红尘琐事和虚空里的捕风可以相与言笑。他们本是我最好朋友的朋友，现在那个朋友不在了，他们却成为我的朋友，这是一种真实。

“生活，它不光洁的反面 / 我一直小心翼翼，不去触碰。”这是集中《寒露》一诗里的句子，我觉得可以拿来作为阿波诗歌风格的题词，它看似柔弱和怯懦，却暗自接续上了古典诗“旦复旦兮”的理想，在这一点上，他似乎站到了大多数当代中文诗的反面，并不同于另外一些所谓“新古典”意义上的以今解古，因此又是勇敢和坚定的。恶，和生活里一切不愉快的时刻，它们不是因为不重要，而是因为太过平庸，太过于自我重复，所以不值得被中国的诗歌记录。

2015 年 4 月

赵晓辉的《诗游记》

晓辉是一个诗人。我喜欢她写的一些新诗。在那些曼声长调里，有两宋的影子，但其中的婉转悠扬、从容明净，又纯粹是属于现代汉语的表达和收获。废名称赞卞之琳的新诗好比是古风，其格调最新，风趣却最古。晓辉是喜欢废名和卞之琳的，而她的有些新诗遂也可以从这个角度去看待。那些古典世界的意象和字词，在她的诗里被诚恳的修辞锻造成新世界的一部分，不是作为琳琅的装饰，而是重新生长，如同未有格律之前的古体诗。

……

困居此地，如何才能绕过那些幽房曲室，以及葳蕤相生的

青琐阑干？而书籍如镜，映出素练旋舞的你，枯坐叹息的你

以及慵妆临镜的你。“一定有什么在幽冥中运转物候与星辰

否则怎么会方寸之地，顷刻楼台，顷刻灭尽？”很可惜
能见度太低，在俯视中仅看到：破碎的山体，混浊的水系
如果你喊叫一个名字，云朵便立即蹙紧愁眉。且看这塔尖

如何指向春风未绿之处，皓月又是怎样摄取汪洋之心？
整个世界都在破碎中，而她是这瞬间的发现者？难以解释
为什么每个破碎的瞬间都有默念谶语的诵经人默立身旁
为我解释这空心塔下至少有一半人缺乏控制，曾经清澈的

智力悬停于雾霾中？我已集中精力，看到了胶囊似的
人心，即使履于薄冰之上，也不愿触及痛苦的鳞片
你让我注意，已有新芽从断枝中长出。……

在这几节姑妄摘引出的《早春登塔》的片段里（事实上，她的诗常常是拒绝摘引的，那些字句和诗节环环相扣，连绵缠绕，它们强调要整体性地占有我们，或被我们占有），我们可以看到，密集的意象如何委顺于简净的口语表达，碎片和断枝又如何被虚词圆润，这些汇在一起，就成全了她诗歌的独特水域和水域深处的旋涡。

而要了解一个诗人，除了读诗之外，最好能再去读这个诗人的文章。《诗游记》是晓辉近年文章的结集，从中我们可以看到她诗歌趣味的一些来处，也可以看到晓辉作为学者的一面。

而健全的知识结构，以及会通古今、中西兼涉的决心，可能也是一个今天的汉语诗人所必须具备的。

今日治古典文学的人，多半要借助两只外在的“魔眼”来审视古典，一是海外汉学，一是民国学人。海外汉学有三支，欧洲、日本和北美。大体上，欧洲汉学注重文字学和音韵学功夫，根基很正，如高本汉解《诗经》；日本汉学注重文献学和考据材料，踏实细密，如村上哲见的《宋词研究》；而北美汉学多强调新理论新方法之应用于旧文学，如高友工以结构主义解唐诗，宇文所安从解构主义思路和回忆之情感理论入手去理解汉魏唐宋文学。民国学人关心古典文学的，也有几支，一是如刘师培这样的所谓纯正旧学余绪；二是如朱自清、闻一多、俞平伯这样出旧入新又返旧的，绚烂归于质朴；三是类似废名这样，主要是借异域文学（包括宗教）来理解古典文学，走的是触类旁通、才情体悟一路，如他自己所言，“我读中国文章是读外国文章之后再回头来读的”。

从晓辉解读古典诗词的文章中，我们可以看到废名和宇文所安的影响。那个解读者和她要解读的诗章，由此始终纠缠在一起，造就了她的天风海涛，她的幽忆怨断。我们可以把这些文章，权且看作她的“人与诗”的一个阶段性的注脚。

2016 年 5 月

亦新亦旧

南怀瑾有一本书，叫作《亦新亦旧的一代》，泛谈 20 世纪青年的一些思想状态。书未必是多么精深的书，但这个书名我很喜欢。事实上，每一生命体都是亦新亦旧，如一棵树，新的萌芽总有旧的根茎相连，旧树干上也不断催生新的枝叶、花朵，以及种子。这些亦新亦旧的个体合在一起，如树木连成森林，不断地折断腐烂也不断新生绵延。方生方死，方死方生，这既是生命体不可避免的结果，却也是其健全的表征。而所谓的新旧对抗，很多时候只是两种病态之间的碰撞反应罢了。

新时代种种新的科技手段，落实到诗学领域，产生了一些新变化，但这些新变化都是相对而非绝对的新，它在颠覆过去一段时间的诗歌风气同时，却也在指向、唤醒和连通一些看似消逝的更为古老的传统。新生其实是复活，这是相当有意味的事。

比如说匿名的传统。最早的诗歌都是不署名的，《诗经》和两汉的很多诗只有文本保存，我们不知道它们的作者是谁，这并不影响它们的品质以及流传；而我们在比如在微信、微博上读到或转发一首诗或者几行诗，很多时候也只是觉得诗句很好，并不在意作者是否有名。作为对比，在之前几十年，在官方刊物或民间刊物主导诗歌传播的时代，我们通过刊物目录看到的，往往首先是“某某的诗”，“某某某的诗”，几乎所有诗歌刊物上的标题都是这样的，看上去，它在意诗人的名号传播甚于文本传播。过去几十年的汉语新诗，就一直处在这种迫切要出名的焦虑之中，彼此PASS，相互攻讦，一干诗人对于个人身份的炒作胜过了字斟句酌的技艺磨练。而现在的无数写作者，他们既未必以诗人身份自居，又可以直接通过文本、通过各种自媒体平台，来与诗歌读者素面相对。这种新变化，在客观上，让写诗和读诗重新变成一种日益健康的存在。

又比如听觉的传统。最早的诗歌，无论史诗还是抒情诗，都是靠读和听来流传的。自从上世纪90年代以来，随着海子和顾城的去世，翻译体当道，现代诗在国内被极大地误解成一种只可看不可读的、注重意象和深思的分行散文体表达。诗歌与音乐相通的一面日益被忽视，诗人的耳朵变得日渐麻木，即便有音乐性也不过是反复停留在口语诗的浅俗之中。举凡音律、节奏和气息这方面的诗学品质，少被谈及。我们不用去提及荷马或萨福，单单看看从艾略特、希尼、奥登、庞德等一干现代诗人的教诲，就知道“用耳朵写诗”本是一个历久弥新的基本诗学传统。这个传统，又有了复苏的迹象。从诸如荔枝电台、喜马拉雅 FM 的兴起到各种微信公号的音频发布，通过读和听甚至唱的方式接近一首诗，开始重新成为诗歌更为常见的流传方式。它使得明朗、节制乃至简净，重新成为一些更需要重视的诗歌品质。

再者，与听觉传统密切相关的，是记忆的传统。我前阵子参加一个中俄青年作家的交流活动，其中有一场诗歌朗读会，令在场观众印象深刻的一幕是，参加朗读的俄罗斯诗人几乎都可以脱稿背诵自己的诗，而中方的年轻诗人们几乎都要拿着诗稿边看边读。表面的原因似乎在于，当代俄罗斯诗歌依旧主要还在格律诗体系内发展，所以容易记住；而当代汉语新诗几无格律可言，所以难记。但倘若一个汉语诗人把这种“记不住自己写的诗”的状况仅仅归结于诗体，对此普遍无动于衷甚至认为是一种进步，这或许才是更大的症结。哈罗德·布鲁姆在《读诗的艺术》一文里曾经有言：“所有伟大的诗歌都要求我们被它占有，在记忆中拥有是开始，扩展我们的意识是目的。”诗歌缪斯是记忆女神之子，这是诗歌最为古老的传统。一首诗，乃至一行诗，唯有被我们记住，才和我们的生命发生关联，我们会在生命的某个时刻忽然想起它，仿佛过去和现在的生命都已被安放在这样的诗行之中。一个写诗者如果连自己写的诗（只要不是很长）都记不住，又如何能指望他人去记住？

上世纪 90 年代电脑刚刚普及之时，我们会觉得记忆的负担一下子降低了，但随着电脑存储的信息越来越海量，存储芯片越来越轻薄，当我们可以随身携带一个图书馆并每天都在大量增加新内容的时候，我们会发现，大脑的记忆功能又被迫要调动起来了。因为，我们需要记住我们的记住，以及记住这个记住的记住……这个递归的终端只能是我们的大脑。如今，每天有无数的诗行在朋友圈滚动，但那被我们不由自主拿来淘洗诗歌的标准，往往不再是过于漫长的时间，而是我们短促的记忆。我们盼望遇见那些令我们一下子就毫不费力记住的诗，而一首诗，是凭什么被我们记住的呢，如果没有句法上的新鲜、紧致和凝练，以及内在的节奏感和音乐性？于是，似乎可以说，海量即时信息的到来，恰是要逼迫诗歌缪斯回到记忆女神那里找寻能量，也在逼迫诗人要去重新理解诗歌。

于是，匿名、听觉和记忆，这些在这个时代被重新唤醒的诗学传统，也随之就会成为对新一代写诗者的自觉和不自觉的要求。

2016年2月

《中国当代诗歌民间地理》读后

用地理叙事的松散、独立、复杂与客观的存在，去对抗历史叙事的粗暴、单调、简化与人为的混乱，这大抵是张清华先生上下两卷本《中国当代诗歌民间地理》一书的编著志向。

阅读这部书，有一点点阅读五代史的感觉，那种五代十国式的群雄割据，此起彼伏，混乱、嘈杂、杀气腾腾，同时，又洋溢着一种乱世才有的生命力。

同时，与阅读通常诗歌史著作会有的那种长河感不同，阅读这本书，会有一种奇特的五味杂陈的感觉，仿佛是潜入深海，目睹众多或大或小的沉船，时间仿佛在此停顿，固化，其中的每一件事物都在向我们讲述和复原曾经有过的生活场景。那些长长短短的诗句，曾经的热闹，都沉没在水底。隔了这么多年，我们回头看这些大大小小民刊上的诗，会觉得有一种同质感，当年你死我活势不两立的诗歌，如今看来似乎又都是相似的，像沉船上大大小小的器物给我们的相似感，因为，它们都没有抵达新的陆地，那些诗句绝大多数没有抵达新一代人的心里面去，它们停留在那里，停留在一些或精良或粗糙的纸质民刊上。

我有时候参加当下的一些诗歌活动，现场会见到一些普通诗歌爱好者，他们能够张口即来的，依旧还是北岛、舒婷、顾城，这会让人有一种错觉，仿佛新诗在80年代之后就不存在了一样，后来几十年的当代新诗，对于大众生活而言真的成了海底生物般的存在。我觉得这种状况并不能责怪读者。从张清华先生这部著作中我们也可以清楚地看到，在民刊时代，更多的被人提及的，不是一些杰出的诗行，而是各种事件、观念和争吵。很多诗人，都是在用反抗去替代创造，他们不停地发表关于诗歌的新观念、新原则、新立场、新方法、新姿态和新使命，只是为了打倒前辈，取而代之，这种农民起义式的诗歌运动，一波一波，看似热闹非凡，却难以持久。他们呈现出来的文化地理生态，毋宁说是一种草莽结群的山头地理。

我看到这些民刊上的诗歌运动者，有时候会想到那些重新去发明雨伞和灯泡的民间科学家。那些人并非没有才华，相反，他们往往才华横溢，然而，他们对历史没有了解，他们缺乏一种对于过去和传统的热情与爱欲，他们只想着未来。但是，在所有领域，一切创造的前提就是首先将整个过去和传统放在你心里面，并在其中找到属于自己的过去与传统。否则，都只是无本之木、无源之水，那么它们的湮没从一开始就是注定的。

说到民刊，我又想到已故诗人马雁曾经也办过一本小小的、只出过一期的民刊，我有幸也参与其中，那是在2010年夏天，民刊大潮早已经退去之后。我想抄录一下其中马雁所写的前言，并不长：

> 各种诗歌民间刊物层出不穷，同仁杂志也不少，再发起一本新的刊物，需要一个理由，也需要一种必要性。但我们不想为自己寻找理由和必要性，因为有一种可能性找到了我们。从90年代开始，网络成为诗人们之间交流的一个平台，但进入新世纪，网络开始淡出诗歌交流，我们的诗歌写作重新进入一种孤独。这可能是由于外部环境，也可能是由于我们自己，但遍寻各类诗歌杂志，我们还是很难看到交流的痕迹。
>
> 交流是必要的吗？交流是可能的吗？仅仅有作品的呈现是足够的吗？还有什么是我们需要做的和可以做的呢？《几个好朋友》就是出于这样一些疑问而发起，而成立了。
>
> 我们以为，诗歌是一种交流，关于诗歌的交流也是一种交流。虽然我们不能坐在一起促膝谈心，但我们有纸笔，可以将自己的写作历程拿来做一次交流。并且呈现作品。这是一种非常朴素的想法，作品加笔谈的形式是最基本的交流途径。这里没有什么新玩意，但旧玩意已经好久不见，就像几个好朋友，好久不见，但仍然亲切而且有的可说。

几个诗人也许甚至没有见过面，但凭着对诗歌的爱好，我们大胆地自称为几个好朋友。

这里面有一种朴素而坚定的态度，就是相信诗歌是一种交流，而不是一种用来反抗或打倒什么的工具。诗歌的交流是对时间与空间的克服，令不同空间和时间里的人们相遇，成为永远的朋友，而非敌人。

2017年3月

谈谈古典诗

诗似乎是不可谈论的，但至少每一首好诗都经得起反复地读。而我们今天的很多人，尤其是在离开学校之后，有时候会疑惑于为什么还要读古典诗，其价值何在。对我而言，单纯的审美或陶冶性灵之类的理由，是远远不够的，也没有力量，因为任何的愿望，一旦仅仅出于某种理由，它就一定可以因为另外更重大的理由被抛弃。而一个人最终不可抛弃也无法抛弃的，是他还没有获得之物，也就是他所欠缺之物。某种程度上，诗对我而言就是这样一种尚未获得、始终在前方的存在。我总是带着问题和欠缺感，去读那些过去的诗，而那些过去的诗也得以在这样的阅读中转化成即将到来的诗，从而让自己的写作本身，成为一种更为积极的阅读，成为一种对于“为什么要读诗”的回答。

唯有如此，读古典诗才不至于沦为一种玩弄风雅之事，不至于成为一种逃遁，抑或一种现代生活的对立面。

倘若单纯从鉴赏审美的角度去看一首古典诗，就好像在博物馆里看一幅画，其中的典故风物人情，以及用笔着色的曲折有度，都可以做很多社会学和文化史乃至艺术史上的解释，这些本身都是知识，也很好，但最后，和我们自己没有关系。我理解的古典诗，恰恰不是知识，不是能够用搜索引擎搜索到的答案。若是谈到古典修养，在我看来，能够背多少古诗并不重要，重要的是，你最后究竟是被什么东西所打动的。

威廉·布莱克有一首写弥尔顿的诗，里面有几句是这样的："但是弥尔顿钻进了我的脚；我看见……/但我不知道他是弥尔顿，因为人不能知道/穿过他身体的是什么，直到空间和时间/揭示出永恒的秘密。"

一个人被什么东西所打动，所穿过，其实自己最初是不知道的。而类似诗歌鉴赏辞典之类的存在，抑或某些诗歌赏析文章，是预设自己从一开始就什么都知道了，这种预设在我看来稍微有点问题。那些能够被感受但不能自知的东西，都和自己的生活有关；而那些自以为知道的，其实只是和自己无关的知识。而把那些穿过自己身体的东西，重新在回忆中审视，并且慢慢地尝试去理解它，《诗经》里所谓"日就月将，学有缉熙于光明"，这些天地自然的光，如何一点点成就到人的身上，在我看来，这个过程才是诗。而这种穿过身体之物，在不同年龄段是不一样的。比如二三十岁的时候，或许是"骑马倚斜桥，满楼红袖招"，到了四五十岁，也许就换作"世味年来薄似纱，谁令骑马客京华”。

因此，要理解古典世界，唯有先理解现在，理解自己和时空。在这个意义上，所谓打通古今，融贯中西，就不仅仅是每一个有志向的学者孜孜以求的事情，而是每一个对古典世界感兴趣的普通读者，都应该有的想法。

俄国作家梅列日科夫斯基在形容托尔斯泰和陀思妥耶夫斯基的关系时，说，他们“像是两块对立竖放的镜子，无限地反射出对方、深化着对方”。这个比方可以同样用在更为广义的阅读上，古典，当下，中国，西方，这就好像纵横对立竖放的四面镜子，它们之间，彼此无限地反射对方和深化着对方，在这样的彼此反射和深化中，它们得以成为生机勃勃的存在。中国的当下可以相应于西方已经走过的现代进程，而古希腊或者也可以相应于先秦。这是非常美妙和珍贵的场景。但对我而言，这还不够，因为，倘若我就置身于这四面镜子之间，我还要期待的，是从这样的镜子与镜子之间无限地反射和深化中，最终还能够见到我自己，那或许会是一个更好的自己。这个自己在哪里，在古今中西的无限激荡之中，这个自己，安放在哪里？

于是，谈论古典诗，和谈论一切事物一样，我觉得首先也是最重要的一点，是具体化。要具体到一个一个时代、一个个诗人、一首首诗乃至一个个字词上去，不能一以概之。唯有具体，才能切身，也才谈得上所谓的为己之学。凡事一旦笼而观之，难免非卑即亢。国学家、复古主义者乃至诗文鉴赏家，想象存在一个已经死去的、完全和现在不相干甚至敌对的古典世界，然后，或招魂祭奠，或消费赏玩，这是卑；有些年长一点的当代汉语新诗作者，连旧体诗和古体诗都分不清，就大放厥词，乃至写文章替古人扼腕，悲叹中国古代二千年来的优秀诗人把心力全都用于平仄的游戏，诸如此类，这是亢。严羽《沧浪诗话》里有名的句子："诗有别才，非关书也。诗有别趣，非关理也。"我们今天的诗人常常会津津乐道于此，却忘了这只是原文里的半截话，后面还有半截话作为补充："然非多读书，多穷理，则不能极其至。"

古典诗的具体世界，一如长河，总有上行和下行两条路线。废名引晚唐人的诗句，"春雨有五色，洒来花旋成"，他说："这总不是晚唐以前的诗里所有的，以前人对于雨总是'雨中山果落'、'春帆细雨来'这一类闲逸的诗兴，到了晚唐人，他却望着天空的雨想到花想到颜色上去了"，又说，"各时代的诗都可作如是观，三百篇，古诗十九首，魏晋的诗，我们今日接触起来，都感得出这些诗里情感的变化。"这是沿波而下，体会一处处即将到来的、开疆拓土的新鲜。此外，废名区别旧诗与新诗，"旧诗的内容是散文的，其文字是诗的"，而新诗内容是诗的，"其文字则要是散文的"，这其实很接近奥登对于古今诗歌的分辨："早期的诗歌用迂回复杂的方式讲述简单的事，现代诗歌则试图用直截了当的方式言说复杂的事情。"这种细微的辨识，无论中西，一定都是要出入新旧古今之间方能做到。而真正的新旧无关文体和时代，旧体诗依旧可以写出新感受，如陈寅恪“一生负气成今日，四海无人对夕阳”，而白话新诗依旧是可以迂腐不堪的，如今日随处可见。

在由古至今的下行路线之外，还有自今逾古的上行之路。如元稹的《遣悲怀》：“惟将终夜长开眼，报答平生未展眉。”这个意境极深曲新鲜，但若与古歌谣里的“卿云烂兮，糺漫漫兮，日月光华，旦复旦兮”对照，会发现后者似乎更强有力，它不是要转身和黑暗缠斗，因为这样的缠斗并无胜利可言；它不是不要面对烦恼，不是要逃避，而是明白生活里还有一些更重要的事情要做；它要你不断往前走，向上走，慢慢地，你会发现那些曾经的烦恼都变得不那么重要。如此逆流而上，是体会曾经有过的、振拔峻深的新鲜。

进而，所谓“向上的路和向下的路是同一条路”，这不是一句空话，读古典诗就是这么一个上下求索的过程，之后得出一个图景，一个结构，一个谱系，这个图景、结构或谱系不是文学史意义上的，就是读诗人自己在阅读中被拓展的生命。

2017 年 7 月

重现过去的世界

我自己的写作，从严格意义上，或者说，从进入公众视域的层面上，大约开始于《既见君子：过去时代的诗与人》那本小书。当然，在那之前也一直在写，写诗，写书评，写时评和影评专栏，写论文，但都散乱，那种散乱的写作大多是一种消耗，是学徒期的左冲右撞，不能构成和自我生命的互补。《既见君子》对我自己而言是一个新的开端，想想动笔的时候，还是2008年初，一晃十年都快过去了。回想起来，这本小书是在一种非常寂寞也非常混乱的心境中开始的，而每写完一篇，都会增加一分安宁。我一直很怀念那样的状态。

这几年，我忽然成为一个文学评论的写作者，置身于一个相对热闹的当代文学现场，不断发表各种各样对文学和新作品的意见，这些意见或许是准确的，也或许是偏激的，但无论如何，不可否认的是，它们与时代乃至他人的关系，要远远大过与我自身的关系。

这两种关系，当然都是重要的，理想状况下，它们可以相互激荡，给予。

手头上断断续续在写两个系列的书稿，一个是关于现代汉语诗人，有名有姓的几位，一个是关于《诗经》，来自众多无名的古典作者。他们留下的最好的文本，构成中国诗的两端。但我并不是要重写文学史，我只是尝试重现一个过去的世界，这个世界无关我自己，也无关这个时代，而是文明的一部分。

如果说《既见君子》比较侧重比兴，天上地下，东一句西一句，是某种意义上的性情文章，那么这次我希望可以用赋的方式，老老实实把一首首我喜欢的诗讲清楚，且讲出前人所未讲之处，不是疏通文句，而是贯通诗意，讲明这些诗何以成为诗，并从中体味诗。所以我要做的就不是写我自己，而是写这些诗。也不是求一个正解，而是求得某种属于诗的统一，是文字、句法、音韵、气息、意思、感情等多方面的统一。我觉得最好的诗未必能解释，但都是可描述的，只要我们信任那些诗人，信任他们写下的每一个字词，每一处沉默，信任它们一同所构成的那个完美坚实的存在，而诗不单是想象和哲思，也在这些踏实细密处。

写《诗经》文章的时候，紧挨书桌的床头摊了十几本注疏集释，电脑上又同时打开着一堆电子版的相关文献，也在知网上看一些新的文章，关于某个字、某个句子，关于某个器物，每一句都是各家说法都看一遍，比较、参详，但并不是要做裁判员和调解员，而是看完之后再自己慢慢想，想着想着就会有一点新东西出来，仿佛离那个写诗的人又近了一些。这个过程就是把自己放弃的过程，因为自己的一点点诗意是不重要的。知道自己是不重要的，随后才有切实的工夫，去吸收、感受、思索和书写。

在文学领域，客观时间维度上的“新”是没有意义的，它转瞬就会成为旧，有意义的是恒久的“新鲜”，而这种新鲜始终在源头处，在过去世界的不断重现中，在那些战胜死亡的复活里，如我们的记忆和每一个春天所唤回的。朝向未来，根本就不能令我们摆脱现有的陈腐观念，只能让我们深陷其中，因为所谓未来，本来就只是此刻盘旋在我们头脑中的一种观念而已。

我又想起那些已经活了很久很久的中国诗，它们之所以流传下来，不是因为对未来进行了成功的占卜，而是忠实地记录了曾有的人世。

2017 年 10 月

文
景

Horizon

社科新知 文艺新潮

竭尽全力的轻盈

张定浩 著

出品人：姚映然
责任编辑：李 琬
营销编辑：杨 朗 陈 茜
装帧设计：肖晋兴
版式设计：安克晨

出 品：北京世纪文景文化传播有限责任公司
(北京朝阳区东土城路8号林达大厦A座4A 100013)
出版发行：上海人民出版社
印 刷：山东临沂新华印刷物流集团有限责任公司
制 版：北京大有艺彩图文设计有限公司

开 本：890mm×1240mm 1/32
印 张：9.25 字 数：159,000 插 页：2
2018年8月第1版 2018年8月第1次印刷
定 价：45.00元
ISBN：978-7-208-15308-0/I·1751

图书在版编目（CIP）数据

竭尽全力的轻盈 / 张定浩著. —上海：上海人民出版社，2018
（述而批评丛书）
ISBN 978-7-208-15308-0

Ⅰ.①竭… Ⅱ.①张… Ⅲ.①世界文学–文学评论–文集 Ⅳ.①I106-53

中国版本图书馆CIP数据核字（2018）第152720号